BBULMEDIA

헌터 레볼루션

헌터 레볼루션

1판 1쇄 찍음 2019년 8월 5일
1판 1쇄 펴냄 2019년 8월 12일

지은이 | 정사부
펴낸이 | 정 필
펴낸곳 | (주)뿔미디어

편집장 | 문정흠
기획 · 편집 | 안진수 · 이창언

출판등록 | 2002년 9월 11일 (제081-1-132호)
주소 | 경기도 부천시 원미구 소향로 17번길(두성프라자) 303호 (우) 14544
전화 | 032)651-6513 / 팩스 032)651-6094
E-mail | bbulmedia@hanmail.net
비북스 | http://www.b-books.co.kr

값 8,000원

ISBN 979-11-315-9936-5 04810
ISBN 979-11-315-9849-8 04810 (세트)

※파본은 구입하신 서점에서 교환하여 드립니다.

※이 책은 (주)뿔미디어를 통해 독점 계약되었습니다.
저작권법에 의해 보호를 받는 저작물이므로 무단 전재와 무단 복제를 엄금합니다.

BBULMEDIA FANTASY STORY

헌터 레볼루션

정사부 현대 판타지 장편 소설

3

1. 다시 시작하자!

백강현은 길드의 명성에 해가 가는 그 어떤 것도 용납하지 않겠다는 듯 숨 쉬기 버거울 정도로 무시무시한 기세를 뿜어냈다.

　"으윽……."

　재식은 자신을 짓누르는 엄청난 위압감에 절로 신음 소리를 흘렸다.

　무려 위험 등급 7단계의 몬스터를 쓰러뜨린 S급 헌터가 내뿜는 기운을 이제 겨우 중급에 들어선 재식이 감당할 수 있을 리가 없었다.

　"나는 자네를 믿네. 하지만 만에 하나의 경우를 염두에 두지 않을 수가 없어."

백강현은 느긋한 말투로 말을 꺼내며, 조금 더 강하게 기운을 발출하며 재식을 몰아붙였다.

"크윽!"

재식은 거인의 손아귀 안에서 온몸이 쥐어짜 내지는 듯한 고통을 느꼈다.

"밖에 나가서 자네가 겪은 일을 떠벌리고 다니지 말라는 경고 정도는 해야 안심이 될 것 같네. 혹시라도 이번 사건에 대해 떠벌리고 다닌다면… 그 결과가 어떨지는 자네 상상에 맡기도록 하지."

재식은 어떻게든 자신의 의사를 밝히고 싶었지만, 손가락 하나 까닥할 수가 없었다.

"자네의 길드 탈퇴 사유는 어디까지나 능력 미달 때문이네."

백강현의 말이 끝나기 무섭게 재식은 자신이 고개를 움직일 수 있다는 걸 깨달았다.

재식은 얼른 고개를 끄덕이며 대답했다.

"…네."

"자네가 입만 굳게 다물면 성신 길드는 자네에게 투자한 비용은 물론이고, 위약금도 문제 삼지 않겠네."

"알겠습니다."

재식은 찍어 누르는 듯한 기운을 억지로 버텨내며 간신히 대답했다.

지렁이도 밟으면 꿈틀한다지만, 그것도 살아남았을 때 가능한 말이었다.

무엇보다 자신에겐 지켜야 할 가족이 있기에 엉성한 이빨을 성급하게 드러낼 수는 없었다.

게다가 길드를 우선시하는 백강현의 행동은 지극히 당연했다.

아무것도 아닌 반푼이 중급 헌터를 상대로 백강현이 손해 볼 이유가 전혀 없었다.

백강현은 국내 30위에 드는 대형 헌터 길드의 장이고, 국내 제약 업계에서 손가락에 꼽는 대형 제약사의 오너 일가였다.

정재계는 물론이고, 헌터 업계에도 큰 영향을 미치는 이가 피라미에 불과한 재식에게 사정한다는 게 더 웃긴 일일 것이다.

막말로 백강현이 재식을 때려죽인다 해도 어느 누구 하나 그것을 문제 삼으려 하지 않을 게 분명했다.

그러니 억울하더라도 맞서기 위한 힘을 가지기 전까지는 그의 말을 따르는 게 백번 옳았다.

"그럼 내 말을 잘 이해한 것으로 알고 있겠네. 볼일은 끝났으니, 그만 총무부로 가보게. 정산금과 전별금을 두둑이 챙겨주라고 말해뒀으니 섭섭하지 않은 정도의 돈을 챙길 수 있을 거네. 그러니 안 좋은 기억은 묻어두고 새 출발을 위해 노력하게."

백강현은 선심 쓰듯 할 말만 전하고 축객령을 내렸다.

애초에 구질구질하게 길드에 남아 있게 해달라고 바짓가랑이를 붙잡고 싶은 마음도 없었다.

성신 길드가 자신들의 이득을 위해서라면 다수의 희생을 당연시하는 아주 저급한 집단이라는 걸 알게 된 순간, 정나미가 뚝 떨어진 상태였다.

"알겠습니다. 그럼 이만 가보겠습니다."

마지막 인사를 전한 재식은 바로 백강현에게 등을 돌려 사무실을 나섰다.

휘이잉.

차가운 겨울바람이 빌딩 숲 사이에 불어닥쳤다.

한풍이 가로수의 앙상한 가지 끝에 간신히 매달려 있는 마른 나뭇잎을 흔들 듯 재식을 괴롭혔다.

"으음……."

성신 길드의 본관을 나선 재식은 뼛속 깊숙이 파고든 삭풍에 서둘러 옷깃을 여몄다.

일반인과 다른 신체를 가진 중급 헌터이기에 이 정도 추위쯤은 별것 아니지만, 방금 전 백강현과 면담하느라 등골이 서늘했기 때문인지 본능적으로 몸이 움츠러들었다.

"벌써 겨울이네……."

재식은 벌거벗은 가로수를 일별하며 낮게 중얼거렸다.

성신 길드에 들어올 때만 해도 아직 무더위가 기승을 부리던 초가을이었다.

그런데 어느새 계절이 바뀌어 겨울이 되고 말았다.

처음 이 자리에 섰을 때는 설렘 반, 두려움 반이었다면, 계약 해지 통보를 받고 건물을 나선 지금은 마음이 답답했다.

백장미의 길드 가입 권유를 받았을 때만 해도 인생의 커다란 전환점을 맞이한 것이라 생각했다.

하지만 당시의 부푼 꿈과 희망은 불과 몇 개월 만에 타인의 악의에 의해 깡그리 무너져 버렸다.

'최충식…….'

몇 년 만에 만난 최충식은 겉으로는 대단한 인물이라도 되는 것처럼 가식을 떨어 댔지만, 속은 학창 시절 재식을 괴롭히던 때와 다르지 않았다.

재식이 최충식의 도움으로 아버지의 치료비를 마련한 것은 사실이지만, 그건 아무 가치도 없는 값싼 적선에 불과했다.

그걸 단적으로 드러나게 만든 계기가 바로 재식의 성신 길드 가입이었다.

최충식은 재식을 길드에서 제거하기 위해 성신제약 고위층인 아버지의 힘을 빌려 음모를 꾸몄고, 그를 생체 실험의 모르모트로 사용했다.

'그것도 모르고 유전자 변형 시술을 받는다고 좋아했으니, 속으로 얼마나 비웃었을까.'

재식은 그 일을 생각할수록 엄청난 분노가 끓어오르며 피가 거꾸로 치솟을 것만 같았다.

한때는 성신 길드에 처벌을 요구해 볼까 생각했지만, 최충식은 이미 도망갈 구멍을 마련해 둔 상태였다.

그건 그의 아버지인 최현식도 마찬가지였다.

생체 실험은 어디까지나 성신제약 연구소의 독단으로 처리됐고, 최현식의 지시를 받은 것으로 보이는 김태원 연구팀장은 자취를 감췄다.

범죄는 발생했는데 책임질 사람은 없는, 속 터지는 상황이었다.

덕분에 재식은 제대로 된 사죄도 받지 못했고, 범죄자들이 처벌받는 모습도 지켜볼 수 없었다.

재식에게 남은 건 유전자 앰플을 시술받았지만 별다른 능력이 향상되지 않은, 무늬만 중급 헌터인 불량품으로 전락하고 말았다는 현실뿐이었다.

그나마 다행이라면 몬스터 유전자 앰플이 아무 효능도 없는 건 아니라, 그런대로 약한 몬스터를 상대하는 데는 도움을 받았다는 것이다.

하지만 그뿐이었다.

실전 테스트에서 눈에 띄는 성과를 보여주지 못하자, 그대로 길드에서 쫓겨날 수밖에 없었다.

'쓰레기 같은 놈들…….'

최충식을 떠올리니 여러 얼굴들이 연달아 등장했다.

자신에게 길드 가입을 추천한 백장미.

그녀는 필요에 의해 재식을 끌어들였지만, 그의 미래가 불투명해지자 병실에 혼자 찾아온 날 이후로 모습을 드러내지 않았다.

다음으로 나타난 얼굴은 팀 비스트의 다른 멤버들이었다.

길드에 들어왔을 때만 해도 곧 재식이 팀원이 될 거라 생각했는지, 아주 살갑게 다가왔다.

하지만 사건이 터진 뒤, 자신들에게 하등 도움이 되지 않는 짐 덩이에 불과하다는 걸 알고 관심을 꺼버렸다.

소수 정예로 똘똘 뭉쳤다 알려진 랭킹 30위 성신 길드의 민낯이 여실히 드러난 꼴이었다.

속에서부터 썩어 들어가는 빛 좋은 개살구.

그게 딱 성신 길드였다.

지금 당장은 문제가 되지 않겠지만, 언젠가 스스로 무너질 때가 올 게 분명했다.

그렇게 생각하니, 재식은 발목을 죄던 족쇄가 풀린 느낌을 받았다.

덜컹!

끼이익—

'여전하네!'

재식은 드나들 때마다 울어 대는 철제문의 거친 마찰음을 듣고, 이제야 집으로 돌아왔다는 걸 실감했다.

그렇게 때 아닌 감상에 빠져드는데, 집 안에서 굵직한 남성의 목소리가 들려왔다.

"누구 왔소?"

'아버지…….'

쇳소리가 섞인 작은 음성이었지만, 그걸 듣는 순간 재식은 눈가에 눈물이 핑 돌았다.

재식은 그 목소리가 너무 반가웠다.

"아버지, 저 재식이에요!"

아버지의 질문에 얼른 대답한 재식은 현관문을 열고 집 안으로 들어갔다.

"다녀왔습니다."

그러고는 안으로 들어서자마자 큰 목소리로 인사했다.

"어, 어어……."

정성훈은 아무 말도 하지 못한 채 놀란 눈으로 재식을 가만히 쳐다봤다.

"어머, 일찍 돌아왔구나!"

그때, 남편에게 점심을 차려주기 위해 부엌에서 식사를 준비하던 김정숙이 느닷없는 아들의 목소리에 깜짝 놀라 달려 나왔다.

그녀는 3개월 만에 다시 만난 아들을 부둥켜안았다.

"네. 일이 좀 있어 일찍 나왔어요."

재식은 혹시나 부모님께서 걱정할까 싶어 집에 일찍 돌아온 이유를 어물쩍 넘겼다.

"그러니? 어휴, 얼굴이 많이 상했네. 어서 들어오렴."

김정숙은 재식을 품에서 떨어뜨려 놓고, 얼굴을 쓰다듬으며 안쓰러운 표정을 지어 보였다.

그러자 재식은 별일 아니라는 듯 환하게 웃었다.

"험한 일 하는 사람 얼굴이 멀쩡하면 그게 더 이상하지 않겠어요?"

재식은 신발을 벗고 실내로 들어섰다.

그러고 나서 아직 아무런 말도 꺼내지 못하고 자신을 빤히 바라보는 아버지에게 안부를 물었다.

"아버지, 몸은 좀 어떠세요?"

3개월 전, 성신 길드에 가입한다며 집을 나설 때까지만 해도 건강을 되찾지 못해 피골이 상접한 모습이었다.

그런데 지금은 살이 좀 붙으셔서 조금 더 건강한 모습이었다.

무엇보다 안심인 건 그 혼자 거동이 가능하다는 것이었다.

"나야 너랑 네 엄마 덕에 건강하지. 그러는 너는 어떠냐?

어디 다치거나 아픈 곳은 없어?"

성훈은 자신의 안부를 묻는 아들의 모습에 눈물이 핑 돌았다.

자신이 병상에 누워 시간을 보내는 사이, 성인이 된 아들은 부모를 부양하고 있었다.

가장으로서, 아버지로서 해준 게 아무것도 없는데, 눈을 떠보니 자신의 허리 정도밖에 되지 않던 철부지 아들은 어느새 훌쩍 자라 자신보다 키가 더 커져 있었다.

"그나저나, 6개월은 걸릴 거라더니, 어떻게 된 일이냐?"

집을 나설 때, 재식은 반년 동안은 얼굴을 보기 힘들 거라 말했다.

그런 아들이 3개월 만에 집으로 돌아온 게 못내 마음이 쓰인 성훈이었다.

재식은 자신을 이리저리 살피는 아버지의 눈을 피해 속으로 작게 한숨을 내쉰 뒤 대답했다.

"뭐… 지내다 보니 저랑 잘 맞지 않는 것 같아서 퇴사했어요."

"그러냐? 잘했다. 괜히 마음고생하면서 속병 들 필요 없어."

성훈은 아들이 속상해할까 싶어 재식의 편을 들었다.

"네. 그나저나 점심 식사 준비 중이셨어요?"

재식은 일단 의심이 이어지지는 않았지만, 이것저것 질문을 받으면 거짓말이 들통날 수도 있기 때문에 얼른 화제를 돌렸다.

"응. 점심 먹고 왔니?"

"아니요. 수속을 밟느라 바빠서 점심 챙길 시간이 없었어요. 길드를 탈퇴하고 나서는 오랜만에 집밥 먹으려고 바로 돌아왔어요."

"그럼 어서 씻고 오렴."

"네. 옷도 좀 갈아입을 거라, 저 기다리지 말고 먼저 드시고 계세요."

재식은 다른 질문들이 쏟아질까 두려워 얼른 자리를 피했다.

그런 재식의 뒷모습을 지켜보는 성훈과 정숙의 눈이 불안감에 흔들리고 있었다.

재식은 간단하게 손발을 씻고, 방으로 들어가 옷을 갈아입고 식탁에 앉았다.

식사 중에 부담을 주고 싶지는 않은 모양인지, 성훈과 정숙은 일상적인 대화를 나누며 재식이 편하게 밥을 먹을 수 있도록 배려했다.

하지만 식사 시간은 길지 않았고, 설거지를 마친 정숙이 거실에 마주 앉은 재식과 성훈의 옆에 앉았다.

자신에게 쏠리는 따가운 시선에 재식은 아버지와 어머니가 무엇 때문에 이런 반응을 보이는지 깨닫고 속으로 한숨을 내쉬었다.

어차피 한 번은 거쳐야 할 관문이었다.

그렇다면 다시 언급되지 않을 정도로 궁금증을 해소시켜 드리는 게 옳았다.

하지만 성신 길드에서 겪은 일을 미주알고주알 전하다가는 충격을 받은 부모님이 쓰러질지도 모를 일이었다.

게다가 성신제약 연구소에서 벌어진 사건은 함구하기로 약조한 상태였다.

부모님을 못 믿는 건 아니지만, 혹시라도 자신이 아니라 부모님께 화가 닥칠 수도 있었다.

'흠, 그래. 적당히 각색해서 이야기해 드리면 되겠지.'

재식은 적당히 둘러대기로 결심하고, 저간의 일들을 살짝 꼬아서 이야기를 풀었다.

최충식에게 속아 생체 실험을 당한 일을 유전자 변형 시술에서 나타난 부작용으로 바꾸자 길드를 나오게 될 때까지의 일을 설명하는 데 막히는 부분이 없었다.

하지만 부작용이라는 말을 꺼내자, 부모님의 표정이 급격히 굳어졌기에 얼른 재활 치료를 받아 건강에 이상은 없다고 덧붙였다.

재식은 전술 훈련과 실전 테스트 등 성신 길드에서 3개월 동안 겪은 여러 일들을 스펙터클한 SF 영화처럼 포장해 설명하며 부모님들의 관심을 돌리려 노력했다.

하지만 아무리 재미있게 꾸며도 이를 듣는 정숙과 성훈은 그 이야기 속에 거짓이 섞여 있다는 걸 금방 눈치챌 수 있었다.

성훈과 정숙은 그걸 빤히 알면서도 자신들을 걱정시키지 않기 위해 밝게 웃으며 떠드는 아들에게 진실을 추궁할 수 없었다.

그래서 모르는 척하며 넘겼다.

"그런데 그 성신이란 곳을 나오면서 문제는 없었니? 업계가 좁아서 다른 길드에서 퇴출된 헌터는 다시 받아주는 곳이 없다고 하던데……."

정숙은 재식의 이야기가 끝난 뒤, 조심스럽게 질문을 던졌다.

재식이 성신 길드에 들어간 뒤, 그녀는 직장 동료와 언론, 인터넷 등을 통해 헌터 길드에 대한 정보를 수집했다.

아들이 헌터라는 걸 알고 있었지만, 길드에 대해서는 잘 모르기 때문이었다.

"걱정하지 마세요. 비록 다른 중급 헌터보다는 못하지만, 일반 헌터보다는 강해졌으니까요. 그리고 길드에 다시 소속되지 못하는 것도 크게 걱정할 필요는 없어요. 그전에도 곧잘 해왔으니까, 앞으로도 잘해낼 거예요."

재식은 어머니를 안심시키기 위해 별일 아니라는 듯 말을 꺼냈다.

하지만 사실은 재식이 본인에게 하는 다짐이나 마찬가지였다.

비록 다른 중급 헌터들처럼 맹수 유전자의 힘을 빌릴 수 없어도 일반 헌터보다 강해진 건 사실이었다.

게다가 자신이 보유한 메탈 슬라임의 유전자는 심각한 부상을 막는 데 활용할 수 있기 때문에 죽지만 않는다면 은퇴할 일도 없어진다.

일단 힘을 활성화시킨 후에는 금방 체력이 떨어져 짧은 시간밖에 활성화할 수 없다는 단점이 있지만, 그래도 없는 것보다는 나았다.

게다가 위험 분류 4등급의 자이언트 센트피드나 칼콘과 같이 껍질이 단단한 몬스터만 아니라면 강화된 육체만으로 충분히 대미지를 줄 수 있었다.

아니, 굳이 위험 등급이 높은 몬스터를 노릴 필요도 없었다.

중급 헌터가 되기 전에 주로 활동하던 지하철 던전이라면 충분히 혼자서도 사냥할 수 있을 터였다.

비록 등급에 맞지 않는 사냥터라 자존심이 상하기는 하지만, 능력이 반쪽이니 그에 맞게 사냥터를 정하는 게 안전했다.

괜히 중급 헌터라는 자부심에 무턱대고 등급이 높은 몬스터를 사냥하러 나섰다가는 바로 목숨을 잃을 게 뻔했다.

같은 등급의 몬스터라도 헌터의 무기나 능력 등에 따라 상성이 정해지고, 쉽게 상대할 수 있는 몬스터가 있는 반면, 무조건 피하는 게 상책인 몬스터도 있었다.

재식의 경우엔 칼날이 들어가지 않을 정도의 외피나 비늘을 가진 몬스터들과 상성 관계였다.

실제로 재식은 오크와 트롤, 웨어 울프를 소탕할 때는 그럭저럭 활약했는데, 자이언트 센트피드나 칼콘에게는 아무런 대미지도 주지 못했다.

언제 어느 때나 자신의 실력에 맞는 사냥터를 고르는 게 헌터가 장수할 수 있는 비결이고, 재식은 이를 어길 생각이 없었다.

그런 의미에서 재식은 부담 없이 사냥할 수 있는 지하철 던전에 다시 나갈 생각이었다.

얼마 전처럼 던전 내에서 이상 현상이 발생해도 이제는 충분히 감당할 수 있다는 자신감도 붙었다.

그런 생각이 말속에 힘을 실었고, 이를 듣는 아버지와 어머니를 작게나마 안심하게 만들었다.

"참, 저 할 말이 있어요."

재식은 무거운 이야기로 조금 분위기가 처지자, 화제를 돌리기 위해 집에 돌아오며 고민하던 문제를 꺼냈다.

"여긴 환경이 좀 좋지 못한 것 같아요."

"응? 그게 무슨 소리니?"

아들의 느닷없는 딴소리에 정숙은 고개를 갸웃거리며 물었다.

그러자 재식은 잠시 아버지에게 시선을 돌리고는 말을 이었다.

"아버지께서 건강이 많이 호전되셨지만, 우리 집이 환자가 회복하는 데 바람직한 환경은 아니잖아요. 그래서 드리는 말씀인데, 이사 가는 게 어떨까요?"

"아들⋯⋯."

재식은 가족을 위해 반지하 집을 벗어나 햇볕이 드는 전셋집으로 이사하고 싶었지만, 정숙이라고 좋아서 이런 낡고 오래된 집에 사는 것은 아니었다.

경제 사정이 여의치 않으니 어쩔 도리가 없을 뿐이었다.

재식은 어머니가 무엇 때문에 망설이는지 눈치채고, 얼른 다른 말을 꺼내지 못하게 선수를 치며 나섰다.

"돈 때문이라면 이번에 받은 퇴직금이 있으니까 걱정하실 필요 없어요. 게다가 돌아오는 길에 보니까, 우리 윗집이 비어서 세를 내놨더라고요."

이사하는 곳이 같은 건물의 지상 층이라면, 보증금을 정산할 필요 없이 계약서만 다시 작성하면 될 일이었다.

더불어 집주인은 늘어난 보증금만큼 웃돈을 받는 셈이었고, 월세도 조금 더 챙길 수 있으니 불만을 늘어놓지는 않을 것이다.

그야말로 서로 원원할 수 있는 경우였다.

"집주인도 우리가 이사 간다고 보증금을 빼줘야 할 걱정도 안 할 테니, 빠르게 이사할 수 있을 거예요."

"그럼 집주인이야 좋아하겠지만… 그게 가능하겠니?"

정숙은 습하고 퀴퀴한 반지하 집에서 벗어날 수 있겠다는 생각에 살짝 기대에 찬 목소리로 물었다.

"네. 저만 믿으세요."

재식은 자신 있게 대답했다.

＊　　　＊　　　＊

대문을 열어젖힌 재식은 뒤를 돌아보며 배웅 나온 어머니를 바라봤다.

끼이익—

"어머니, 다녀올게요."

길드에서 퇴출당한 재식은 프리 헌터로서 먹고살려면 열심히 일을 해서 돈을 벌어야만 했다.

성신 길드로부터 받은 적잖은 퇴직금과 정산금은 위층으로 이사하면서 모두 써버렸다.

당장 생활비야 남았지만, 여윳돈을 생각하면 사냥에 나설 수밖에 없는 상황이었다.

그래서 재식은 바로 이사 다음 날부터 사냥을 나서게 된 것이었다.

"에휴, 이사 끝나자마자 일을 시작했는데 힘들지는 않아?"

"네. 끄떡없어요. 오히려 며칠 일하니까, 몸이 가벼워진 것 같아요."

"그래, 조심히 다녀와."

"네, 알겠어요. 걱정 말고 쉬고 계세요."

재식은 어머니를 안심시키기 위해 밝게 미소를 지어 보이고는 얼른 버스 정류장으로 향했다.

괜히 더 서 있다가는 어머니가 집 안으로 들어가지 않으실 것처럼 보였기에 바로 등을 돌렸다.

정숙은 재식이 골목을 벗어날 때까지 아들의 뒷모습을 걱정스런 눈으로 바라봤다.

그도 그럴 것이, 아들이 그렇게 기대한 유전자 시술이었는데, 부작용 때문에 원하던 결과를 얻지 못했다는 걸 알게 됐기 때문이다.

아무리 재활 치료를 받았다지만, 그다지 쉬지도 못하고 다시 몬스터를 잡으러 나간다니, 정숙은 재식에게 너무 미안할 따름이었다.

대한민국 헌터 협회 서울 남부 지부 앞 정류장.

정류장에 여러 대의 버스가 일제히 들어와 정차하자, 그 안에서 사람들이 우르르 쏟아졌다.

버스에서 내린 이들은 헌터 협회 인근에 위치한 장비 대여점으로 물밀듯 들어갔다.

하지만 몇몇은 대여점이 아닌 헌터 협회 남부 지부로 곧장 향했다.

그 소수의 인원 중에는 재식도 섞여 있었다.

"오늘은 중급 헌터를 찾는 일거리가 뭐라도 있을까?"

현재 재식의 헌터 등급은 중급.

하지만 다른 중급 헌터들에 비해 능력이 떨어지다 보니 일감 찾는 일이 여간 번거로운 게 아니었다.

그래서 한동안은 등급에 어울리지 않는 지하철 던전의 고블린 퇴치 의뢰를 맡아 처리했지만, 오늘도 그러고 싶지는 않았다.

의뢰 창구로 가기 전, 재식은 혹시라도 자신의 등급에 맞는 일이 있을까 싶어 로비 한쪽에 마련된 게시판을 들여다봤다.

가끔 기업에서 헌터에게 의뢰하는 경우가 왕왕 있기에 혹시나 하는 마음으로 살펴보는 것이었다.

수많은 의뢰가 붙어 있었지만, 대부분 재식에게 맞지 않는 일뿐이었다.

상대하기 쉬운 몬스터를 처리하는 일이 협회까지 넘어올 리가 없기 때문에 대부분의 의뢰는 재식과 상성이 맞지 않는 단단한 외피를 가진 몬스터 퇴치 의뢰만 남아 있었다.

재식은 작게 한숨을 내쉬더니, 지하철 던전의 고블린 퇴치 의뢰를 받기 위해 발길을 돌렸다.

재식이 의뢰를 받았을 땐, 이미 임시 공대 매칭 대기 중인 인원들이 있었기 때문에 그쪽으로 바로 합류하게 됐다.

재식은 곧장 휴게실로 향해 파티를 찾았다.

남부 지부에서 활동하는 하급 헌터들의 얼굴은 대충 알고 있어서 해당 파티를 찾는 일은 그리 어렵지 않았다.

재식은 휴게실 한쪽에 모여 있는 네 명의 헌터를 발견하자, 바로 그쪽으로 걸어갔다.

"실례합니다. 혹시 보라매 1 파티가 맞나요?"

재식은 헌터 매칭 창에 등록된 파티 명을 언급했다.

"아, 네. 제가 파티장인 장재근입니다."

"반갑습니다. 매칭에 지원한 정재식입니다."

헌터 협회의 매칭에 이름을 올리려면 헌터의 등급이나 레벨 등의 신상 정보를 함께 올리게 되어 있기에 재식은 간단하게 자신의 이름만 밝혔다.

"아, 기다리고 있었습니다. 다시 한 번 정식으로 인사드리겠습니다. 장재근입니다."

장재근은 이미 재식에 대한 정보를 확인한 터라, 자신보다 레벨과 등급이 높은 그에게 얼른 자세를 바로잡고 깍듯이 인사했다.

비록 이번 의뢰의 파티장은 장재근이지만, 그는 경험이든 실력이든 뭐 하나라도 뛰어날 재식에게 밉보이고 싶지는 않았다.

괜히 심기를 거슬리게 만들었다가 불이익을 당할 필요가 없었다.

막말로 던전 안에 들어가서 재식이 꼬장이라도 부리면, 레벨도 등급도 낮은 그는 입을 꾹 다물고 인내할 수밖에 없을 것이다.

게다가 그런 일이 벌어졌을 때, 다른 파티원들이 장재근의 편을 들어주리라 기대하기도 힘들었다.

아니, 그를 두둔하고 나선다 해도 눈앞에 서 있는 재식은 중급의 헌터였다.

어떤 맹수의 유전자를 시술받았는지 알 수 없지만, 혼자서도 파티원 전부를 거뜬히 상대할 수 있는 실력의 소유자일 게 분명했다.

파티장이라고 어깨에 힘줬다가 된통 깨지면 쪽팔릴 게 빤하니, 먼저 알아서 허리를 숙이는 게 상책이었다.

하지만 재식은 자신에게 허리를 숙이는 파티장의 모습이 좋게 보이지 않았다.

그래서 얼른 그의 어깨를 붙잡고 허리를 숙이려는 걸 막았다.

"파티장님, 이렇게까지 하실 필요는 없습니다."

'이 사람은 그동안 마주친 중급 헌터들이랑 다른데?'

당황한 표정으로 자신을 붙든 재식을 바라보며 장재근은 적잖이 안심이 되었다.

직업에 귀천이 없고, 신분 차이도 없는 세상이라지만, 헌터들 사이에는 레벨과 등급이 계급이나 마찬가지였다.

30레벨 미만의 일반 헌터들이야 고만고만하다지만, 중급 헌터 이상부터는 1레벨 차이나 한 등급 차이를 두고 상대를 무시하거나 깔보는 게 일반적이었다.

그래서 중급 헌터들에게 벌레 같은 취급을 당하기 싫은 일반 헌터들은 기를 쓰고 레벨을 올리거나, 각성을 꿈꾸는 것이었다.

또한 각성이 힘들다 싶은 이들이 돈을 들여서라도 비싼 유전자 변형 시술을 받는 데에는 이런 이유가 한몫했다.

이처럼 헌터들이란 거의 강박증에 가까울 정도로 자존심을 챙기는 족속들이고, 급 낮은 헌터들이나 하는 일을 맡으려 하지 않는다.

그렇다는 건 재식에게 뭔가 사연이 있을 게 분명했다.

'헌터 협회의 의뢰라도 받은 건가?'

중급 헌터가 하급 이하의 헌터들이나 하는 고블린 퇴치 의뢰를 소일거리 삼아 하려는 건 아닐 터였다.

장재근은 슬쩍 파티원들의 표정을 살폈다.

그러자 그들은 가볍게 고개를 끄덕였다.

장재근은 처음에는 괜히 자신들보다 높은 등급의 헌터를 받았다가 일이 잘못되는 것은 아닐까 파티원들과 많은 대화를 나눴다.

그도 그럴 것이, 중급 헌터라면 길드나 클랜에 들어가거나, 하다못해 공대에라도 소속되는 게 당연한 일이었다.

그런데 재식은 혼자서 고블린 퇴치 의뢰를 받아 파티를 신청했다.

그래서 파티원들은 재식이 성격에 문제가 있어서 길드나 클랜에서 쫓겨나는 바람에 어쩔 수 없이 고블린 퇴치 의뢰를 하게 된 것이라 추측하기까지 했다.

하지만 파티장을 대하는 재식의 모습만으로는 그런 기색을 찾아볼 수가 없었다.

"정재식 님이 중급이시니 굳이 한 명 더 채울 게 아니라, 이렇게 5인 파티로 출발해도 될 것 같은데, 어떻게 생각하십니까?"

장재근은 재식과 다른 파티원을 돌아보며 물었다.

중급 헌터인 재식이 합류한 덕분에 파티의 안전은 확실하게 보장받을 수 있을 터였다.

그러니 굳이 인원을 늘려 일당을 나눠 가질 필요가 없었다.

다른 파티원도 장재근의 생각을 읽은 것인지 모두 찬성했다.

"그렇게 하시죠."

재식 역시 파티원 수를 늘릴 필요성을 느끼지 못했기 때문에 다른 이들의 의견을 받아들였다.

지하철 던전의 고블린 수는 일전의 이상 현상이 해결되며 다시 원래대로 돌아갔기 때문에 대여섯 명 정도의 파티 정도만으로도 충분히 사냥이 가능해졌다.

그건 굳이 전처럼 열 명이 넘는 공대를 짤 필요가 없다는 의미였다.

인원이 많으면 사냥이야 빨라지겠지만, 머릿수가 늘어날수록 수익을 나눠야 하는 만큼 사냥 횟수를 늘릴 수밖에 없었다.

그 말인즉, 고생한 만큼 수익을 기대하기 힘들다는 뜻이었다.

그렇기 때문에 헌터들은 최적의 숫자를 맞춰 사냥에 나서는데, 지하철 던전에 적절한 수는 파티 규모인 6인 정도였다.

이는 최대 아홉 마리까지 뭉쳐 다니는 고블린 순찰대의 규모에 맞춘 것이었다.

"제 뜻에 따라주셔서 감사합니다."

"파티장님, 헌터 등급이 높은 건 신경 쓰지 마시고 그냥 편하대 대해주세요. 오늘은 어디까지나 파티원으로 매칭을 신청했으니까요."

재식은 연신 자신에게 고개를 숙이며 존칭하는 장재근의

말투가 부담스러웠다.

등급이야 파티원들 중에 제일 높다지만, 나이는 다른 이들보다 어렸다.

김정숙 여사는 정성훈이 병원에 오래 머물게 되자, 재식이 가정교육을 제대로 받지 못했다는 소리를 들을까 싶어 어려서부터 예의범절을 엄격하게 교육했다.

그 때문인지 재식은 장재근의 행동거지에 본능적인 거부감을 느꼈다.

"그래도 되겠습니까?"

장재근은 혹시나 하는 마음에 다시 한 번 물어봤다.

"네. 다른 헌터님들도 절 편하게 대해주시면 됩니다. 등급이나 레벨 차이는 신경 쓰지 마시고요."

요즘 세태에 예의범절이라는 게 고리타분한 것으로 취급되는 것도 사실이지만, 재식은 그렇게 생각하지 않았다.

그래서 자신의 처지가 남들보다 낫다고 하더라도 예의를 지키고 싶었다.

덕분에 장재근과 파티원들의 표정은 처음 얼굴을 마주했을 때보다 더욱 밝아진 상태였다.

그들은 최악의 경우, 실력은 좋지만 성격이 개차반이라서 쫓겨난 사람일 수도 있다는 걸 감안하고 파티원으로 받아들였다.

하지만 다행히 재식의 성격은 걱정하던 것과는 정반대였다.

장재근과 파티원들은 괜한 선입견으로 재식을 오해한 게 미안했는지 멋쩍게 웃어 보였다.

"요즘 경쟁이 심해서 고블린 보는 게 하늘의 별 따는 것만큼 힘들다고 합니다. 그러니 여기서 이러고 있을 게 아니라, 어서 던전으로 가시죠."

분위기가 살아나자 장재근은 먼저 나서서 파티원들을 이끌었다.

"그게 좋겠네요."

재식도 그의 의견에 동의하며 고개를 끄덕였다.

며칠 동안 고블린 퇴치 의뢰를 받았지만, 수익이 그다지 많지 않았기 때문이다.

지하철 던전의 이상 현상 때문에 고블린이 떼로 몰려다니던 때는 사람 수를 대폭 늘리는 바람에 수익이 좋지 않았다.

하지만 요즘엔 고블린 순찰대의 규모가 작아지며 헌터 파티 간에 경쟁이 붙어버렸다.

운이 나쁜 날이면 다른 파티가 사냥하는 것만 손가락 빨며 구경하다 돌아오는 경우도 발생했다.

보라매 1 파티는 인원을 더 모집하는 데 시간을 쏟는 것보다는 바로 5인 파티로 사냥을 시작하기 위해 지하철 던전으로 향했다.

어두운 지하철 던전.

몇 개의 발광 스틱으로 밝혀진 장소에서 고블린 순찰대와 마주친 보라매 1 파티는 전투를 치르는 중이었다.

이제 막 시작된 전투라 아직 고블린 쪽이 숫자는 더 많았지만, 전투의 승기를 잡은 건 보라매 1 파티였다.

재식은 여유가 넘치는 모양인지 고블린이 휘두르는 녹이 잔뜩 슨 짧은 단검을 왼손에 쥔 카타르로 손쉽게 막아냈다.

"후읍, 죽엇!"

고블린이 발광하며 단검을 머리 위로 들어 올려 휘두르려 자세를 잡자, 그 찰나의 빈틈을 파고들어 오른손에 쥔 카타르를 놈의 가슴에 박아 넣었다.

카타르는 암살용 무기답게 단번에 연약한 고블린의 뼈를 가르며 파고들더니 심장을 관통했다.

꾸룩.

단 한 번의 찌르기였지만, 고블린은 그대로 절명하고 말았다.

고블린 한 마리의 목숨을 순식간에 거둬들인 재식은 카타르를 회수한 뒤, 다른 파티원들을 공격하는 고블린의 등 뒤로 접근했다.

다른 이들은 빈틈을 노리기 위해서 고블린의 공격을 착실하게 방어하며 견뎠다.

끼에!

끼끼!

고블린들은 기합인지, 비명인지 모를 날카로운 괴성과 함께 손에 쥔 조잡한 무기를 휘두르며 헌터들을 공격했다.

휘익!

파티원을 수세로 몰아가던 고블린의 뒤로 접근한 재식은 곧장 기습을 가하려 했으나, 놈은 공격하던 걸 멈추고 몸을 빙글 돌렸다.

재식과 마주 선 고블린은 대뜸 재식을 향해 뛰어오르더니 단검을 쭉 내밀었다.

그러자 재식은 왼발을 축으로 뒤로 돌아서며 고블린의 공격을 피해냈다.

그와 동시에 무릎을 살짝 굽혀 왼발을 박찬 재식은 고블린의 등 뒤로 바짝 접근했다.

그러면서 오른손의 카타르를 가로로 휘둘러 고블린의 허리를 베어버렸다.

유전자 변이 시술을 받으며 늘어난 근력 때문인지, 고블린은 깔끔하게 반 토막 나고 말았다.

눈앞에 있는 적을 처리한 재식은 멈추지 않고 바로 다음 표적을 찾아 나섰다.

그러다 고블린과 드잡이하는 파티원 중 한 명이 다른 고블린에게 뒤를 잡히는 게 보였다.

재식은 고민할 것도 몸을 날려 그놈과 파티원 사이로 파고들었다.

그러더니 동료의 등을 기습하려던 고블린의 공격을 오른손의 카타르로 막아내고, 왼손의 카타를 휘둘러 목을 잘라 버렸다.

"어휴, 십년감수했네. 고맙다."

재식에게 도움을 받은 파티원은 자신의 앞을 막아선 고블린을 처치한 뒤, 조금 늦게 감사 인사를 전했다.

"당연한 일이죠."

재식은 별거 아니란 듯 대꾸하더니 이제 얼마 남지 않은 고블린을 처리하기 위해 움직였다.

재식은 자신이 중급 헌터라는 걸 증명하며, 순식간에 고블린들을 정리해 버렸다.

전투가 끝나자 보라매 1 파티원들은 숨을 가쁘게 몰아쉬며 잠시 휴식을 취했지만, 재식은 아직도 여유가 넘쳤다.

그래서 곧장 고블린의 가슴을 갈라 마정석이 있는지부터 살펴봤다.

스윽.

오늘은 운이 없는 것인지 벌써 네 차례나 고블린 순찰대와 조우해 전투를 벌였지만, 이상하게도 마정석은 단 하나도 나오지 않았다.

고블린 순찰조장이라도 잡았다면 마정석을 봤을지도 모르지만, 놈은 몸을 사리는 모양인지 오늘은 눈에 띄지 않았다.

"쩝, 마정석은 다 어디 간 거야?"

재식은 고블린의 몸속을 샅샅이 살폈지만, 원하던 것을 찾을 수는 없었다.

"젠장, 어떻게 된 게 순찰대를 네 무리나 사냥했는데, 마정석 하나가 안 나오지?"

장재근도 자신이 잡은 고블린의 배를 가르고 마정석의 유무를 확인했지만, 아주 작은 것조차 발견할 수 없었다.

"파티장, 나는 못 봤어."

"나도 없어."

파티원 전원이 고블린의 시체에서 마정석을 발견하지 못했다.

중급 헌터가 파티에 속한 덕분에 사냥 속도 자체는 몹시 빨랐고, 별다른 위기 없이 고블린 순찰대 네 무리를 사냥해냈다.

숫자로는 서른세 마리지만, 그것뿐이었다.

아무리 최하급 몬스터라지만, 마정석을 하나도 발견할 수 없다는 건 몹시 실망스런 일임에는 분명했다.

"하, 오늘은 고블린을 많이 잡은 것으로 만족해야겠습니다."

"그러게 말입니다."

장재근의 말에 재식은 고개를 끄덕이며 맞장구쳤다.

몇 달 전까지만 해도 지하철 던전에서 비슷한 숫자의 고블린을 잡았을 때는 복권을 살 걸 그랬다고 후회할 정도로 마정석이 쏟아졌었다.

그런데 오늘은 마정석을 한 조각도 구경하지 못하는 바람에 속이 쓰렸다.

"그래도 고블린은 많이 잡았으니, 일당 정도는 나오겠네."

파티원 중 한 명이 큰 욕심은 없는지, 바닥에 털썩 주저앉으며 채 마르지 않은 이마의 땀을 팔로 훔쳤다.

그건 다른 두 명의 동료도 마찬가지인 모양인지, 불만을 드러내지 않았다.

고블린 한 마리에 100만 원이니 3,300만 원을 받을 테고, 세금을 제외하고 다섯 명이 나눠 가져가더라도 일당으로 충분할 정도의 수익이 남을 터였다.

이 정도면 썩 괜찮은 벌이였다.

2. 솔로 사냥

하루 일과를 마무리한 재식은 버스에서 내려 집으로 걸어 갔다.

터벅터벅.

재식은 집으로 향하며 자신의 팔목에 채워진 헌터 브레슬 릿을 들여다봤다.

'5,782만 5,000원… 음, 지하철 던전 의뢰가 이젠 썩 돈이 되지 않네.'

성신 길드에서 퇴출당해 집으로 돌아온 지도 한 달여가 지났다.

그동안 주중에는 단 하루도 쉬지 않고 헌터 협회에

나가 지하철 던전의 고블린 퇴치 의뢰를 꾸준히 수행했다.

하지만 통장에 모인 금액은 재식의 예상보다 훨씬 적었다.

어떤 이는 큰 액수라 여기겠지만, 목숨을 내놓고 사냥하는 헌터가, 하물며 중급 헌터인 재식에게는 적어 보일 수밖에 없는 금액이었다.

그것도 20일 동안 의뢰를 수행한 결과가 이것뿐이라 실망스러울 수밖에 없었다.

물론, 일반 헌터들에 비하면 높은 수익이었다.

고블린 의뢰를 받는 일반 헌터는 일당에서 장비 대여비를 제해야 하기 때문에 수익이 크게 줄어든다.

그에 반해 재식은 장비가 모두 본인의 것이니 수익 전부를 고스란히 저축할 수 있었다.

그러나 확실한 건 이상 현상으로 지하철 던전이 위험하던 때에 비해 수익은 훨씬 줄어든 상태였다.

어찌된 일인지 요즘 마주치는 고블린들은 마정석을 품고 있지 않았다.

그 당시에는 고블린이 둘에 하나는 무조건 마정석을 품고 있었고, 헌터 협회의 의뢰 외에도 부가적인 수익이 발생했다.

하지만 보름 넘게 사냥해도 돈이 빠르게 모이지 않다 보니, 재식은 고민이 될 수밖에 없었다.

재식은 최대한 빠르고, 효율적으로 돈을 벌 계획이었다.

그 이유는 성공도 실패도 아닌, 어정쩡한 자신의 유전자 변형 시술 결과를 어떻게든 개선하고 싶기 때문이었다.

그러기 위해선 자신의 몸에 대한 연구가 필요했다.

그래서 전문적으로 유전자 변형을 연구하는 과학자에게 의뢰를 맡길 생각인데, 의뢰비가 어느 정도인지는 몰라도 푼돈으로 해결할 수는 없으리라.

고민을 거듭하던 재식은 문득 위험한 생각을 떠올렸다.

'그냥 혼자 사냥을 할까?'

한 달여를 이전처럼 파티에 들어가 사냥해본 결과, 재식은 굳이 다른 이들과 파티를 이뤄 고블린을 사냥할 필요성을 느끼지 못했다.

마정석을 품고 있지 않은 만큼 고블린이 약해져 예전보다 상대하기 더욱 수월해졌기 때문이다.

'다른 파티들과의 경쟁도 무시할 수 없고, 마정석을 품은 고블린을 찾는 건 하늘의 별을 따는 수준이라면……'

재식은 궁리 끝에 혼자 고블린 퇴치 의뢰를 받아서 해결하자 마음먹었다.

'다시 이상 현상이 발생하지 않는다면, 혼자서도 충분할

거야.'

앞으로의 계획을 생각하느라 재식은 자신의 뒤에 누가 와 있는지도 몰랐다.

"저기… 아들, 무슨 고민을 하기에 집을 지나치는 거야?"

솔로 사냥에 대해 심각하게 고민하던 재식은 갑자기 어머니의 목소리가 들리자, 깜짝 놀라 정신이 번쩍 들었다.

재식은 목소리가 들린 방향으로 고개를 돌렸다.

정숙은 대문 앞에 서서 재식을 바라보고 있었다.

'아, 이런… 너무 생각에 잠겨 있었나 보네.'

재식은 너무 깊게 고민에 빠져드는 바람에 집을 지나치고 말았다는 걸 깨닫고 서둘러 어머니 곁으로 다가갔다.

"이제 오세요?"

"응, 오늘은 마지막 손님이 있어서 좀 늦었어."

정숙은 원래 여섯 시에 가게 문을 닫고 귀가해 저녁을 준비한 뒤에 재식이 돌아오는 것을 기다리는 게 일상적이었다.

하지만 오늘은 학원 차가 늦게 도착한다는 연락을 받은 여고생 두 명이 정숙에게 사정하며 라면과 김밥을 주문하는 바람에 조금 늦어지고 말았다.

"그런데 무슨 생각을 그렇게 하기에 집도 깜빡 지나치는 거야?"

"아, 별일 아니에요."

재식은 얼렁뚱땅 넘어가려는 듯 얼버무렸다.

정숙은 넋을 놓고 길을 걷는 재식의 모습에 걱정이 될 수밖에 없었지만, 아들이 말해주지 않는 데는 다 이유가 있으리라 판단했다.

"그래? 오는 길에 예쁜 아가씨라도 본 거야?"

그래서 더는 캐묻지 않고 슬쩍 주제를 돌렸다.

그러자 재식은 피식 웃음을 터뜨리며 고개를 저었다.

"그럴 리가 없잖아요."

"그럼 왜 이렇게 늦게 온 거야?"

"늦게까지 둘러보느라 조금 늦은 것뿐이에요."

"그럼 어서 들어가자. 아버지 기다리시겠다."

"네."

끼이익―

재식이 대문을 열자, 정숙이 먼저 안으로 들어갔다.

두 사람은 현관문을 열고 들어서며 동시에 말을 꺼냈다.

"다녀왔어요."

"다녀왔습니다."

그러자 안방에서 성훈이 나오며 인사를 건넸다.

"어? 두 사람이 함께 오는 날도 있네?"

"네. 요 앞에서 만났어요."

정숙은 바로 부엌으로 들어가 식탁 위에 자신이 들고 온 장바구니를 내려놓았다.

"오늘은 마지막 손님을 받느라 조금 늦는 바람에 저녁으로 족발이랑 쟁반국수를 사 왔어요."

"오, 족발! 그거 좋지."

"오늘 저녁은 족발이에요? 와~"

족발이란 말에 재식은 물론이고, 성훈도 들뜬 목소리로 식탁으로 다가섰다.

"씻고 와서 바로 차려드릴 테니까, 조금만 기다리세요."

정숙은 얼른 방 안으로 들어가 갈아입을 옷가지를 챙겨 욕실로 향했다.

그사이, 재식은 어머니가 식탁에 올려둔 장바구니에서 족발과 비빔국수를 꺼내놓았다.

*　　　　*　　　　*

마지막 고블린의 숨통을 끊은 재식은 가쁘게 숨을 몰아쉬었다.

"후우! 후우!"

혼자 고블린 여덟 마리를 잡는 일이 쉽지 않은 일임에는 분명했다.

하지만 재식은 오늘도 혼자서 두 무리의 고블린 순찰대를 사냥해 총 열다섯 마리의 고블린을 잡았다.

"어차피 없겠지만, 그래도 확인은 해볼까……."

작게 중얼거린 재식은 카타르를 검집에 집어넣은 뒤, 허리춤의 단검을 뽑아 들어 고블린 시체의 가슴 부위를 갈라 심장을 헤집었다.

마정석이 나오는 부분은 몬스터마다 다르지만, 고블린은 주로 심장에 들어 있기 때문이었다.

"이건 허탕이고……."

마지막으로 잡은 고블린부터 처음 죽인 고블린까지 여덟 구의 시체를 뒤졌지만, 작은 마정석 조각 하나도 발견할 수 없었다.

"제길, 요즘 나오는 고블린들은 죄다 이런 놈들뿐이네."

고블린을 사냥한 날만 따지면 벌써 한 달하고도 열흘이 넘었다.

그동안 잡은 고블린의 숫자가 수백 마리는 거뜬할 정도였다.

그런데 그렇게 많은 고블린을 퇴치했지만, 마정석은 단 하나도 나오지 않았다.

실망감을 안은 채 다음엔 나올 거라 스스로를 위로하는

것도 한두 번이지, 이제는 화가 나 돌아버릴 지경이었다.

"이거, 들어가는 노동력에 비해 수익이 안 나오네……."

두 무리의 고블린 순찰대를 혼자 상대하며 지칠 대로 지친 재식은 이제 던전에서 나가자 마음먹었다.

처음 마주친 고블린은 일곱 마리였고, 다음은 여덟 마리였다.

마정석이 나오지 않았기 때문에 퇴치 의뢰의 수익만 따지면 1,500만 원이었다.

파티를 했을 때보다 훨씬 많은 금액이지만, 재식은 성에 차지 않았다.

"에휴, 여기서 고민해 봐야 뾰족한 방법이 나오는 건 아니지."

재식은 주변에 혈액 응고제를 골고루 뿌린 뒤, 자신이 걸어온 길을 되짚어 던전의 입구로 돌아갔다.

돌아오는 길에 고블린 순찰대를 마주치지 않았기 때문에 재식은 30분 만에 지상으로 올라올 수 있었고, 곧장 헌터 협회로 향했다.

다른 헌터들보다 일찍 일을 마치고 돌아온 재식은 곧장 의뢰 완수를 보고할 수 있었다.

"의뢰 정산금은 헌터님의 계좌로 입금되었습니다. 확인하시고 여기 사인 부탁드립니다."

헌터 협회 직원이 방긋 미소를 지으며 재식의 앞으로 서류 하나를 내밀었다.

아침에 재식이 작성한 지하철 던전 고블린 퇴치 의뢰서였다.

재식은 얼른 헌터 브레슬릿으로 통장 입금 내역을 확인한 뒤, 서류에 사인했다.

"감사합니다."

"네. 수고하세요."

일 처리를 마친 재식은 잠깐 휴게실에서 음료를 마시며 쉬다가 집으로 돌아가자 마음먹었다.

너무 일찍 돌아가면 부모님께서 어째서 이른 시간에 돌아왔는지 걱정할 게 빤하기 때문이었다.

재식은 냉큼 창구 앞 의자에서 일어나 자리를 비켜줬다.

볼일을 마친 재식은 휴게실에 들어가 자판기에서 캔 음료 하나를 뽑았다.

그때, 가까이서 대화하던 이들의 주제가 재식의 관심을 빼앗았다.

"너, 그 소식 들었냐?"

"뭐?"

"지하철 던전에 웬 중급 헌터 하나가 들어와서 고블린 퇴치 의뢰를 한다더라."

지하철 던전과 중급 헌터, 그리고 고블린 퇴치라는 세 가지 키워드가 가리키는 것은 재식이 틀림없었다.

재식은 포커페이스를 유지하기 위해 얼굴을 딱딱하게 굳히고, 대화를 나누는 두 사람의 근처로 가 앉았다.

"에이, 그냥 소문이겠지. 중급 헌터가 뭐 한다고 지하철 던전을 들락날락하겠어?"

그게 틀린 말은 아니지만, 재식은 다시 한 번 자신의 처지가 떠올랐는지 쓴웃음을 짓고 말았다.

"아니야. 얼마 전부터 혼자서 고블린 순찰대를 사냥하는 헌터를 봤다는 사람들이 늘어나고 있어."

"뭐야? 중급 헌터가 우리 밥그릇을 넘보는 거야?"

그저 소문이라 치부하던 헌터는 얼굴을 잔뜩 찌푸린 채 버럭 소리를 질렀다.

재식은 그 헌터가 자신에게 적의를 드러내자, 슬쩍 주변 사람들의 눈치를 살폈다.

"시발, 뭐 먹을 게 있다고 중급 헌터가 일반 헌터들이 겨우 벌어먹는 곳에 와서 숟가락을 얹는 거야? 그 새끼는 상도덕도 모르나?"

"그러게 말이다."

이야기를 나누던 일반 헌터들은 물론이고, 그 주변에 앉은 헌터들까지 동조하며 한마디씩 떠들어 댔다.

"어이, 다들 혓바닥 아무렇게나 놀리다가 목이 날아가고 싶지 않으면, 항상 입조심해."

처음 소문에 대해 언급한 헌터가 주변의 다른 헌터들에게 손으로 목을 베는 듯한 제스처를 보이며 경고했다.

"에이, 빌어먹을 놈!"

"거참, 조심하라니까."

일반 헌터들은 하나같이 불만을 토해냈다.

다른 이들에게 지하철 던전은 별 볼일 없는 사냥터지만, 일반 헌터들에게는 그나마 돈을 만져 볼 수 있는 곳이기 때문이었다.

'이런, 그러고 보니 재환 형님께 이런 이야기를 들었는데, 내 사정을 우선시하다가 미처 다른 사람들 생각을 못했네…….'

그제야 재식은 김재환이 지나가듯 건넨 말을 떠올렸다.

그럴 리는 없겠지만, 중급 헌터 몇 명이 본격적으로 지하철 던전 의뢰를 독점해 수행하면 일반 헌터들은 정말로 갈 곳이 없었다.

일반적인 중급 헌터에 훨씬 못 미치는 재식도 혼자서 고블린 순찰대를 사냥할 수 있을 정도니, 다른 중급 헌터는 더욱 수월하게 고블린을 쓸어버릴 게 분명했다.

'어차피 수익이 낮아서 사냥터를 옮길까 고민 중이었는데… 어서 다른 곳을 알아보는 게 좋겠어.'

재식은 지하철 던전의 고블린 퇴치 의뢰는 더 이상 받지 않기로 결심하고, 슬쩍 휴게실을 빠져나왔다.

＊　　　＊　　　＊

어느덧 첫눈이 내린 한겨울이 되었다.

하지만 아이들은 칼바람 앞에서도 외투의 앞섶을 여미지 않은 채 떼로 몰려다녔다.

김정숙은 중학교 정문을 나서는 아이들을 바라보며, 재식도 저러했을까 생각해 봤다.

"야, 아직 학원 차 오려면 10분 남았는데, 떡볶이나 먹고 갈까?"

"그래."

"어제는 내가 샀으니까, 오늘은 네가 쏴."

"알겠어. 오늘 용돈 받았으니까, 내가 쏜다."

"어? 그럼 나 어묵 먹어도 되냐?"

"좋아. 대신 하나씩만 먹어."

"오~ 경민아, 고맙다."

교문을 나선 아이들은 곧장 정숙을 향해 다가왔다.

"아줌마, 저희 떡볶이 1인분씩 주세요."

"어묵도 하나씩 주세요."

경민이라 불린 아이는 분식집에 들어서자마자 친구들과

약속한 대로 떡볶이를 주문했다.

그러자 혹시나 조금 전 약속을 까먹을까 싶었는지, 옆에 선 아이가 어묵을 추가했다.

"그래, 어서 오렴. 자리에 앉아 있으면, 가져다줄게."

"네!"

"아줌마. 오뎅 국물 좀 먹어도 되죠?"

날이 추워서 그런지 아이들은 자리로 가 앉기 전에 김이 모락모락 올라오는 어묵 국물 앞으로 몰려들었다.

"그럼. 뜨거우니까 조심하고."

정숙은 떡볶이를 접시에 담으며 대답했다.

그러자 아이들은 일사불란하게 따뜻한 어묵 국물을 한 국자씩 떠서 종이컵에 옮겨 담은 뒤 가게 내부에 자리 잡고 앉았다.

정숙은 그런 아이들을 미소 지은 채 바라보다 문득, 추운 날씨에도 돈을 벌기 위해 아침 일찍 집을 나선 아들이 떠올랐다.

슬쩍 올려다본 하늘은 금방이라도 눈이 흩날릴 듯 우중충했다.

"하압!"

재식은 자신의 가슴을 노리고 날카로운 발톱을 휘두르는 코볼트의 공격을 피해 뒤로 점프하며 물러섰다.

그러면서도 왼손에 쥔 카타르를 위협하듯 수평으로 휘둘러 놈이 더 이상 접근하는 걸 막았다.

캬앙!

"쳇!"

코볼트는 재식의 위협 공격에도 아랑곳하지 않고 고개를 숙여 카타르를 피하더니, 다시 땅을 박차고 뛰어올랐다.

재식은 얼른 몸을 뒤로 눕혀 쓰러지며 오른발을 들어 올려 놈의 명치를 올려 찼다.

그러자 코볼트는 비명 소리를 내뱉더니 재식의 뒤쪽으로 날아가 바닥을 굴렀다.

'젠장, 고블린이라면 슬슬 도망치려 했을 텐데.'

재식은 속으로 욕지거리를 내뱉으며, 얼른 일어서서 자세를 잡았다.

그러자 코볼트도 몸을 일으켜 세우며 으르렁거렸다.

그르릉!

코볼트는 어떻게든 재식을 죽이고 말겠다는 듯 이빨을 내보이며 위협했지만, 고블린보다 조금 더 큰 코볼트가 두렵게 느껴지지는 않았다.

재식은 코볼트보다 상위의 몬스터인 오크를 일대일로 잡을 수 있을 정도의 중급 헌터였다.

게다가 실제로 오크를 상대해 본 경험도 있기 때문에 그보다 못한 코볼트에게 겁먹을 리가 없었다.

'30레벨이 넘었는데, 20대 언저리인 코볼트를 압도적으로 유린하지 못하는 게 흠이긴 하지만……'

재식은 속으로 자조하더니, 자세를 낮추며 코볼트가 움직이기 전에 먼저 달려들었다.

코볼트는 재식의 접근에 바짝 긴장하며 정면을 향해 양팔을 휘둘렀다.

"하압!"

그러자 재식은 코볼트의 손톱이 닿지 않는 곳에서 세게 땅을 박차며 뛰어올랐다.

'공격 패턴이 너무 빤해!'

이미 공격 패턴을 파악한 재식이기에 코볼트의 발톱은 허무하게 허공을 갈랐다.

놈을 뛰어넘은 재식은 바닥에 착지하자마자 몸을 오른쪽으로 회전시키며 카타르를 내뻗었다.

그러자 원심력을 가미한 공격이 반원을 그리듯 휘둘러졌고, 오른손에 쥐어진 카타르는 코볼트의 옆구리를 파고들어 허리를 반쯤 베어냈다.

크앙!

치명상을 입은 코볼트는 날카로운 비명을 내지르며 무릎을 꿇고 앞으로 고꾸라졌다.

하지만 재식은 공격을 멈출 생각이 전혀 없었다.

치명상을 입으며 힘이 많이 빠졌겠지만, 방심해선 절대 안 될 일이었다.

재식은 오른팔로 왼쪽 옆구리를 감싸 쥐고 왼팔로 땅을 짚고 엎드린 코볼드의 등을 지그시 내리밟았다.

크릉, 쿵!

땅에 얼굴이 처박힌 코볼트가 거친 숨을 내뱉으며 괴성을 질러 댔지만, 이미 승패는 갈린 뒤였다.

"잘 가라."

재식은 왼손의 카타르를 오른쪽 어깨 위로 들어 올리더니, 빠르게 휘두르며 코볼트의 목을 내려쳤다.

푸슈슉!

데구루루.

목이 잘린 코볼트는 핏줄기를 내뿜었고, 머리는 힘없이 바닥을 굴렀다.

"휴!"

그제야 긴장을 푼 재식은 짧게 한숨을 내쉬며, 주변을 두리번거려 살폈다.

주변에서 인기척이 느껴지지 않자, 재식은 바닥에 풀썩 주저앉았다.

"하아, 힘드네……."

코볼트는 고블린과 마찬가지로 소형 몬스터이며, 최하급으로 분류된다.

하지만 코볼트는 고블린에 비해 조금이지만 덩치도 컸고, 날렵한 생김새만큼이나 재빠른 몬스터였다.

재식 혼자서 충분히 상대할 수 있기야 하지만, 고블린보다 상대하기 조금 더 힘든 건 사실이었다.

이번에 조우한 코볼트는 겨우 네 마리였지만, 재식은 고블린 순찰대 두 무리를 상대한 것보다 더 힘들다 여겼다.

"하아, 힘들다고 이러고 있을 때는 아니지."

혼자 중얼거린 재식은 카타르를 검집에 넣고, 단검을 꺼내 들었다.

그러고 나서 자신이 잡은 코볼트의 가슴을 갈라 심장을 헤집었다.

그러자 단검의 끝에 딱딱한 물체가 걸렸다.

"이놈은 다행히 마정석이 있네."

재식은 단검을 왼손으로 바꿔 쥐고, 오른손을 심장 안으로 집어넣어 마정석을 끄집어냈다.

대충 보기에도 지하철 던전에서 자주 보던 최하급 마정석으로 보였다.

"다른 놈들에서도 나오면 좋겠네."

재식은 힙 색에서 작은 주머니를 꺼내 그 안에 마정석을 넣었다.

그런 뒤, 주머니의 끈으로 입구를 단단히 묶어 길게 늘어진 끈으로 벨트에 매달았다.

그 후, 코볼트의 발톱과 손톱을 모조리 뽑아내고, 놈의 입을 벌려 송곳니 네 개를 챙겼다.

코볼트의 이빨과 손톱, 발톱들은 모두 돈이 되기 때문이다.

마지막으로 잡은 코볼트에게 최하급 마정석을 확보한 재식은 조금 떨어진 곳에 쓰러져 있는 코볼트의 시체를 향해 움직였다.

총 네 마리의 코볼트를 사냥한 재식은 운이 좋게도 네 개의 최하급 마정석을 손에 넣을 수 있었다.

"이건 괜찮은데?"

그 외에도 재식은 손톱, 발톱 각각 스무 개와 송곳니 열여섯 개를 손에 넣었다.

'사실 가죽도 돈이 되기야 하지만⋯⋯.'

재식은 처음으로 사냥한 코볼트를 온몸을 난자하듯 상처를 입혔다.

그건 다른 코볼트들도 마찬가지였고, 그나마 깔끔하게 사냥한 게 옆구리를 크게 베어버린 네 번째 코볼트였다.

재식은 가죽을 취하는 건 포기하며 고개를 저었다.

구멍이 숭숭 뚫린 가죽을 어느 누가 구매할 것인가.

아니, 가죽이 깔끔한지 걸레짝인지를 논하기 전에, 코볼트의 가죽을 벗기려면 손질을 해야 하는데, 재식은 관련 지식이나 경험이 없었다.

그도 그럴 것이, 몬스터 가죽을 벗기는 것은 결코 쉬운 일이 아니었고, 몬스터 가죽을 얻기 위해 손질에 시간을 투자하느니 몬스터를 한 마리라도 더 잡는 게 이득이기 때문이었다.

"휴, 힘들기야 하지만, 일당은 번 셈인가?"

최하급 마정석 네 개면 최소가 400만 원이었다.

거기에 장신구나 무기 제조에 쓰이는 손톱과 발톱은 하나에 10만 원은 받을 수 있었다.

송곳니는 못해도 20만 원은 받을 테니, 코볼트 네 마리를 사냥해 700만 원이 넘는 돈을 번 것이었다.

이 말인즉, 코볼트 네 마리를 잡고 나온 마정석 가격까지 합하면, 한 번 사냥에 1,100만 원 정도의 수익을 올렸다는 뜻이었다.

비록 중급 헌터의 하루 평균 수익에는 미치지 못하고, 고블린 사냥 의뢰보다 조금 적은 수익이지만, 이 정도면 나쁘지 않은 수확이었다.

고블린이 코볼트 마냥 잡는 족족 마정석을 발견할 수 있다면, 분명 고블린 사냥 쪽의 수익이 더 높을 것이다.

왜냐하면 고블린의 경우 헌터 협회의 퇴치 의뢰가 따라붙지만, 코볼트 퇴치는 정식 의뢰가 없기 때문이었다.

"하아……."

'그래. 세상 일이 쉬울 리가 없지.'

코볼트를 더 사냥할 수 있다면, 이쪽이 더 이득이었다.

하지만 재식은 코볼트 네 마리를 상대한 후 완전히 지쳐 버리고 말았다.

게다가 코볼트 무리는 최소가 네 마리이지만, 평균적으로 다섯 마리 정도가 한 무리를 이룬다.

'세 마리라면 무리 없이 상대할 수 있고, 네 마리는 아슬 아슬해. 다섯 마리였다면 오히려 내가 위험에 빠졌겠지.'

방금 전의 전투를 되짚어본 재식은 나름대로의 평가를 내 렸다.

솔직히 사냥에 나서기 전까지만 해도 재식은 코볼트라는 몬스터를 우습게 여겼다.

코볼트도 일반 헌터의 파티 사냥 대상이었고, 고블린처럼 최하급 몬스터이니 큰 차이는 없으리라 여겼다.

하지만 첫 상대 이후, 단순히 경험이 부족했다라고 말할 수 없을 정도의 차이를 체감하게 됐다.

어째서 일반 헌터들이 기피하는 몬스터인지 확실하게 깨 달을 수 있었다.

하지만 재식은 오히려 나쁘지 않다는 쪽으로 생각이 기울 었다.

'이런 틈새시장을 노리는 게 나쁘지는 않지.'

드물긴 해도 헌터 협회에는 종종 코볼트의 부산물을 원하는 사람이 나타나기도 했고, 거의 없는 일이지만, 무기 공방에서 헌터 길드에게 코볼트 부산물 수집 의뢰를 넣기도 했다.

'어차피 오크를 혼자 잡는 건 무리고, 다시 지하철 던전으로 돌아갈 수는 없어.'

오크를 일대일로 상대할 수 있는 실력은 있지만, 무리지어 돌아다니지 않는 오크는 없었다.

그렇다고 중급 헌터들의 오크 사냥 파티에 낄 수도 없었다.

당장 첫 전투에서 미흡한 재식의 능력이 드러날 게 빤하기 때문이었다.

'이대로는 안 돼. 그렇다면 어떻게 하는 게 좋을까……'

인근의 접근성 좋은 사냥터는 고블린과 코볼트, 오크뿐이었다.

고블린과 오크를 제하면 남는 건 어차피 코볼트였다.

아무리 고민을 거듭해 봐도 뾰족한 해결책이 떠오르지 않았다.

"차라리 인원을 모집해 파티를 꾸릴까? 아니지, 어차피 지하철 던전의 고블린 퇴치가 훨씬 쉬운데, 일당도 비슷하면 코볼트를 상대할 필요가 없잖아."

생각이 같은 자리를 맴돌며 앞으로 나아가지 못하자, 재식은 답답한 마음에 머리를 벅벅 긁어 댔다.

"앞으로도 계속 혼자 사냥할 텐데. 여기서 무너질 수는 없어."

아무리 궁리해 봐도, 코볼트를 혼자 사냥할 수밖에 없다는 결론으로 되돌아왔다.

지하철 던전에서 파티 사냥을 다닐 때는 항상 어째서 중급 헌터가 일반 헌터들의 파티에 끼는지 숱한 질문 공세를 받았다.

사실대로 말했다간 그 소문이 성신 길드에 들어갈 게 뻔하기 때문에 재식은 일을 잠깐 쉬면서 감을 잃지 않기 위해서라며 둘러댔다.

재식은 성신 길드에서 퇴출당할 때 마주친 백강현의 눈빛을 좀처럼 잊을 수가 없었다.

결코 가만두지 않겠다는 그 눈빛은 지금 떠올려도 등골이 오싹할 정도였다.

마치 인간을 무슨 물건을 보는 듯한 그 시선에선 자신의 것을 지키기 위해서라면 어떤 짓이라도 하겠다는 각오가 전해졌다.

재식은 생각을 이어 나가다 마른침을 꿀꺽 삼켰다.

만약 성신 길드에서 겪은 일들이 조금이라도 외부에 알려지기라도 한다면 그 어떤 몬스터보다 더 차갑고 끔찍한 살기가 흘러넘치는 눈빛을 마주하게 될 터였다.

재식은 으스스 떨리는 어깨를 부여잡으며 혼자 중얼거렸다.

"아직 이를 뿐이야."

나름의 생각을 정리한 재식은 코볼트의 부산물을 챙긴 가방을 짊어지고 자리에서 일어났다.

조금 휴식을 취한 뒤에 다시 네 무리의 코볼트를 찾는다면, 고블린 퇴치 의뢰보다 돈을 더 벌 수는 있었다.

하지만 이미 위험하다는 사실을 알게 된 이상, 해결책을 찾는 게 먼저였다.

재식은 헌터 브레슬릿으로 자신이 걸어 들어온 길을 확인하고 서둘러 발걸음을 옮겼다.

3. 성신 길드의 7등급 몬스터 레이드

비와호는 일본 혼슈 중서부에 위치하며, 시가현 중심에 자리 잡은 호수로 가장 깊은 곳은 수심 100m가 넘는 일본의 가장 큰 호수다.

비와호의 특산품은 송어와 진주였지만, 대격변 이후 발생한 게이트로 인간의 접근이 불가능한 지역 중 한 곳이 돼버렸다.

그도 그럴 것이, 비와호에 등장한 몬스터가 위험 분류 7등급이기 때문이었다.

일본인들은 그 몬스터가 뱀처럼 생긴 외형에 머리 세 개가 달려 있자, 야마타노 오로치라는 이름을 붙였다.

야마타노 오로치는 일본 신화에 나오는 요괴로, 머리와 꼬리가 여덟 개나 달린 거대한 뱀이었다.

한국은 간단하게 삼두사(三頭巳)라 이름 붙였고, 영어권에서는 트리플 헤드 스네이크라 불리는 것에 비하면 조금 과하다 싶은 감이 없잖아 있었다.

하지만 일본에서 그 몬스터에게 신화 속 요괴의 이름을 붙인 건 단순히 외형이 비슷하다는 이유 때문만은 아니었다.

야마타노 오로치가 비와호에 자리를 잡자, 비와호 일대의 천연자원 사업과 진주조개 양식 사업, 한신 공업단지 등 비와호를 생계의 터전으로 잡은 모든 이들이 막대한 피해를 입게 됐다.

일본 정부는 즉시 몬스터를 퇴치하기 위해 헌터들을 동원했지만, 수차례에 걸친 토벌에도 불구하고 몬스터는 살아남았다.

내로라하는 일본 상위 랭크의 헌터와 수준급 헌터들까지 동원하기에 이르렀지만, 비와호의 몬스터는 너무 강력했다.

일본 정부는 피해만 입은 채 물러섰고, 그 몬스터는 야마타노 오로치라는 이름을 얻게 됐다.

그로 인해 일본 정부는 비와호 인근을 접근 금지 지역으로 지정할 수밖에 없었다.

하지만 최근 일본 정부는 다시 한 번 비와호를 차지한 몬스터를 내쫓기 위해 전 세계의 헌터 협회에 공문을 보냈다.

친애하는 각국의 헌터 협회 회장님, 안녕하십니까? 오늘은 각국 헌터 협회의 힘을 빌리고자 인사드리게 되었습니다. 과거 저희 일본은 7등급 몬스터를 퇴치하기 위해 최선의 노력을 다했으나, 일본 헌터들의 공격에도 살아남은 야마타노 오로치는 비와호에 자리 잡고 말았습니다. 이에 저희는 야마타노 오로치를 일본의 힘만으로 퇴치할 수 없다는 결론에 도달하였고, 세계 각국의 헌터 협회에 도움을 요청하는 바입니다. 이는 정식 의뢰이며, 비와호의 몬스터 야마타노 오로치를 퇴치하는 헌터나, 길드가 있다면 몬스터 사체의 소유권 외에도 별개로 상금 100억 엔을 세금 징수 없이 일시불로 지급하겠습니다. 부디 일본의 근심을 해결해 주신다면 좋겠습니다.

일본 총리 배상.

헌터에 대한 국가 정책은 천차만별이지만, 인류를 위협하는 몬스터에 대항하는 헌터들을 위해 우대 정책을 시행한다는 점은 동일했다.

그중 헌터들이 가장 좋아하는 것이 바로 세금 우대였다.

몬스터를 잡아 그 부산물로 수익을 올리는 헌터는 다른

직종에 비해 일확천금에 이를 정도로 엄청난 돈을 벌지만, 세금은 고정적으로 20%만 납부하면 그만이었다.

물론, 이는 대한민국 정부의 세법이고, 세계 각국은 저마다 정한 세법이 따로 있었다.

전 세계적으로 마찬가지였지만, 한국에서도 처음에는 일반인 측에서 불만이 제기됐다.

일반인보다 훨씬 고소득인 헌터가 세금 혜택을 받는 게 불공평하다는 주장이었다.

하지만 헌터 측에서는 다른 무엇도 아닌, 자신의 목숨을 담보로 몬스터를 사냥하는 것이니 그렇게나 억울하면 당장 직장을 그만두고 헌터를 하면 될 일이라 맞받아쳤다.

헌터들의 맞대응에 화난 일반인들은 시위를 벌였지만, 결국은 헌터들의 주장이 받아들여지고 말았다.

그도 그럴 것이, 참으로 공교롭게도 시위 도중 게이트 브레이크가 발생했기 때문이다.

마치 누군가 상황을 지켜보다 시위 현장을 노려 사건을 터뜨린 것처럼 보일 정도였다.

보통 일반적인 차원 게이트는 발생 이후, 브레이크로 이어지기 전까지 어느 정도 여유가 있지만, 당시 시위 현장에서 발생한 게이트 브레이크는 일명 돌발 브레이크로 갑자기 나타나 몬스터를 뱉어냈다.

헌터가 제때 출동하지 않았다면 분명 심각한 인명 피해가 발생했을 터였다.

그런데 당시 헌터들이 마침 맞불 시위를 펼치던 중이라, 돌발 브레이크는 빠르게 정리될 수 있었다.

그 뒤로, 일반인들은 헌터에 대한 세제 혜택에 대해 어떤 반대도 하지 않았다.

그들이 없다면 자신들의 목숨이 위험할 수 있다는 걸 알아차렸기 때문이다.

사실, 그 적은 세율로도 무시할 수 없는 돈이 국고에 쌓였다.

그런데 일본 정부는 야마타노 오로치 퇴치로 엄청난 세금을 거둘 수 있음에도 이를 포기한다고 밝혔다.

일본의 경우, 몬스터 관련 산업에서 발생하는 수익금의 25%를 세금으로 정했다.

더욱이 야마타노 오로치는 위험 분류 7등급의 몬스터였다.

즉, 놈이 품고 있을 마정석과 뱀 형태의 몬스터에게 얻을 수 있는 부산물 판매에 따른 세금은 의뢰로 내건 상금의 몇 배, 아니, 몇 십 배를 훌쩍 넘길 게 분명했다.

하지만 이는 꼭 손해를 보는 계산이라 할 수는 없을 것이다.

야마타노 오로치가 비와호에 자리를 잡으면서 일본은 해

마다 천문학적인 손실을 입는 중이었다.

한신 공업단지는 물론이고, 전 세계 양식진주의 80%가 비와호에서 생산되던 차였다.

그런데 야마타노 오로치로 인해 벌써 몇 년째 수확하지 못하며 피해액이 누적되어, 억 단위는 가뿐히 넘어 경 단위까지 이를 것이라 예측됐다.

이를 감안하면 야마타노 오로치를 잡아 거둬들이는 세금 정도는 새 발의 피나 마찬가지였다.

그러니 어찌 됐든 몬스터만 퇴치해 달라는 심정으로 세금을 포기한다는 어마어마한 혜택을 내건 것이었다.

꽃향기가 나는 곳에 벌이 꼬이지 않을 리가 없었고, 세계 유수의 헌터와 길드가 앞다퉈 일본으로 향했다.

이러한 현상을 지켜보며 일본 총리는 자신의 의도대로 일이 진행된다며 기뻐했다.

하지만 진인사대천명이라, 야마타노 오로치는 일본 총리나 헌터들의 예상을 뛰어넘는 엄청난 몬스터였다.

일본 정부와 헌터 협회는 자신들이 실패했다는 이유 하나만으로 야마타노 오로치를 위험 분류 7등급으로 지정했다.

야마타노 오로치 이전에 등장한 뱀 형태의 몬스터 중 가장 높은 위험 분류를 차지한 건 중국에서 등장한 6등급의 이무기였다.

쓰촨성에 나타난 이무기는 몸길이만 60미터에 이르는 거대한 놈이었고, 머리의 크기가 웬만한 집 한 채와 비슷할 정도였다.

중국은 이 몬스터를 퇴치하기 위해 만여 명의 헌터를 동원해 간신히 이무기를 죽이는 데 성공했다.

당시 중국이 동원한 헌터들의 등급이나 레벨이 그리 높지 않지만, 만여 명 이상이 동원돼 사상자 수만 8,900여 명이라는 건 엄청난 희생이었다.

덕분에 인구가 많은 만큼 세계 헌터의 절반은 중국인이라며 으스대던 말이 쏙 들어가고 말았다.

그도 그럴 것이, 위험 분류 6등급의 몬스터가 이무기 이후에도 수차례 등장했는데, 미국이나 프랑스 등 세계 여러 나라에서는 최소한의 피해로 몬스터를 막아냈기 때문이다.

중국에서 가까운 한국도 7등급 몬스터가 등장하며 많은 피해를 입은 적 있지만, 6등급 이하의 몬스터에게는 크게 고전한 적이 없었다.

그런 와중에 일본이 야마타노 오로치를 이무기보다 더 높은 위험 분류 7등급이라 발표한 것이었다.

하지만 헌터들은 이를 곧이곧대로 받아들이지 않았다.

일본도 중국처럼 능력이 부족한 헌터들로 인해 피해가 발생하자 이를 숨기기 위해 몬스터의 등급을 조작했을 뿐이고, 실제로는 6등급에 불과하다 판단했다.

하지만 비와호의 지배자인 야마타노 오로치는 자신을 사냥하기 위해 몰려든 세계의 헌터들을 모두 물리치고 지금까지 지켜온 자신의 위용을 마음껏 드러냈다.

다시 한 번 야마타노 오로치의 퇴치에 실패할지도 모르겠다는 의견이 분분한 가운데, 한국 헌터들의 차례가 돌아왔다.

*   *   *

길이가 50미터에 이르는 야마타노 오로치는 세 개의 머리로 주변을 둘러보며 혀를 날름거렸다.

크르르릉!

뱀 형태의 몬스터라고 믿기지 않을 정도로 거대한 육신을 가진 야마타노 오로치는 머리를 곧추세우고 자신을 향해 달려드는 헌터들을 바라보며 으르렁거리며 위협적인 소리를 내뱉었다.

야마타노 오로치의 기세에 헌터들은 마치 천적의 앞에 놓인 먹이마냥 몸이 굳어져 제대로 움직이지 못하고 움찔거릴 뿐이었다.

하지만 단 한 명, 야마타노 오로치의 전면에 선 남자만은 달랐다.

그는 야마타노 오로치의 위협에도 아무렇지 않게 서서 놈을 마주 바라보며 내뿜어지는 기운에 맞섰다.

그러자 야마타노 오로치가 오히려 남자의 기세에 놀라 흠 칫하며 주춤했다.

그 순간, 헌터들을 짓누르던 기운이 흩어지며, 얼어붙 은 듯 꼼짝 못하던 이들이 몸을 풀며 기세를 피워 올렸 다.

"전면은 내가 맡을 테니, 걱정 말고 작전대로 움직여!"

"네!"

"알겠습니다, 길드장님."

비와호에서 야마타노 오로치와 대치 중인 헌터들은 다름 아닌 한국의 헌터들로 성신 길드의 길드장인 백강현이 직접 나서서 직속 팀인 저스티스와 지원 1팀, 지원 2팀을 이끌 었다.

위험 분류 7등급의 몬스터를 레이드하는 인원이라기엔 너무나도 적은 인원이지만, 백강현은 이미 7등급 몬스터를 잡은 전적이 있었다.

이는 전 세계적으로 일곱 번 등장했을 뿐인 7등급 몬스 터를 사냥한 것이라, 팀 저스티스의 명성은 자자한 상황이 었다.

그러다 보니 일본 정부는 7등급 몬스터를 사냥한 당시의 팀원은 아니지만, 팀 저스티스만이 야마타노 오로치를 퇴치 할 유일한 팀이라 여겼다.

물론, 7등급 몬스터 레이드에 성공한 다른 헌터들도 있지만, 영국 왕실 직속의 로열가드나 프랑스의 GIMN(National Monster Itervention Group)은 이름에서도 알 수 있듯이 국가 소속의 헌터 특수부대였다.

각각 한 마리의 7등급 몬스터를 사냥하는 데 성공했지만, 특수부대라는 입장 때문에 타국에 파견하는 건 어려운 일이었다.

그래서 일본 정부는 그나마 가능성이 높은 미국의 어벤져스와 디펜더스로 시선을 돌렸다.

하지만 미국의 어벤져스와 디펜더스는 겉으로는 사설 헌터 집단을 표명하는 길드였지만, 미 국방부인 펜타곤과 긴밀하게 협조하는 관계라 민간에서 독자적으로 운영되는 헌터 길드로 보기는 힘들었다.

그럼에도 불구하고 일본 정부는 일곱 마리의 7등급 몬스터 중 세 마리를 퇴치한 전적이 있는 팀 어벤져스와 디펜던스의 파견을 위해 동맹국인 미국에 갖은 로비를 다했다.

일본 정부는 팀을 파견하겠다는 확답을 받을 때까지 포기하지 않겠다는 듯 세 달 내내 어벤져스와 디펜던스의 꽁무니를 쫓아다녔다.

어벤져스와 디펜던스는 매번 정중하게 파견 요청을 거부

했지만, 일본 정부는 끈질겼다.

그러자 미국 정부는 공식적으로 파견이 불가능하다는 입장을 발표했고, 그제야 일본은 수긍하며 물러났다.

이제 남은 건 독일의 슈타예거와 한국의 성신 길드 뿐이었는데, 일본 정부는 이웃 국가인 한국에 우선 협조 요청을 보냈다.

일본 총리의 서신을 받고도 모르는 척하던 한국 정부는 기다리고 있었다는 듯 일본 정부에 굴욕적인 조건들을 제안했다.

일본 정부는 어차피 많은 이권을 양보할 수밖에 없다는 걸 알았고, 한국 정부의 거래를 받아들여 성신 길드의 파견을 이끌어낼 수 있었다.

물론 한국 정부도 성신 길드가 혹할 정도의 조건을 제시했고, 백강현은 거부할 이유가 없기 때문에 야마타노 오로치 레이드를 받아들였다.

'쯧, 엄청 퍼준다는 듯 얘기를 늘어놓더니, 귀찮은 몬스터였군.'

백강현은 속으로 혀끝을 차며 인상을 찌푸렸다.

눈앞에 마주한 야마타노 오로치는 잠깐 상대해본 결과, 여의도에서 상대한 위험 분류 7등급의 거미 여왕보다 훨씬 까다로운 몬스터였다.

"탱커는 절대 놈의 정면에 서지 마! 놈의 공격을 막는 순간, 죽는다고 생각하란 말이야. 딜러들은 탱커를 믿지 말고 알아서 피해!"

백강현은 야마타노 오로치의 정면으로 도약해 놈의 신경을 빼앗았다.

그러자 놈은 다른 두 개의 머리까지 백강현 쪽으로 돌리며, 그를 경계했다.

'지능은 낮지만, 좀 더 본능적인 건가?'

백강현은 세 개의 입에서 동시에 불꽃이 뿜어지자, 허공에서 몸을 튕겨 더욱 높이 날아올랐다.

몬스터에게 뿜어지는 기세만 놓고 보자면, 거미 여왕이나 야마타노 오로치나 큰 차이는 없었다.

세간에 알려진 것처럼 야마타노 오로치가 7등급 몬스터가 아니라는 추측이 잘못된 것이라는 의미였다.

거미 여왕은 머리가 하나인 대신 두 손을 가지고 있었고, 헌터들의 공격을 경험하며 점점 능숙하게 전투를 치렀다.

하지만 다른 헌터들이 시선을 붙잡으면 반드시 등 뒤쪽으로 사각지대가 생겼기 때문에 이를 노려 치명상을 입힐 수 있었다.

그와 반대로 야마타노 오로치는 머리가 두 개가 더 달려 있을 뿐이지만, 사각지대가 없다시피 하는 바람에 도저히 빈틈을 노릴 수가 없었다.

게다가 놈은 뱀 형태의 몬스터지만, 용 계열의 몬스터처럼 브레스를 내뿜었다.

그것도 독과 불, 두 종류를 자유자재로 사용하며 헌터들이 대처하기 어렵도록 만들었다.

놈이 내뿜는 적색 불꽃은 3,500℃에 육박해 헌터를 한 줌 재로 만들어 버렸고, 형광빛의 독은 바위 표면을 끓어오르게 만들 정도로 강한 산성을 띠고 있었다.

적색 불꽃도 만만치 않았지만, 바위를 녹이며 발생한 독연은 S급 헌터인 백강현도 어지러움을 느낄 정도로 독성이 엄청났다.

백강현은 야마타노 오로치가 결코 쉽게 처리할 수 없는 몬스터라 인식했다.

그래서 신중하게 레이드에 임할 필요가 있다고 판단했지만, 벌써 지원 팀에서 열두 명의 사상자가 발생하고 말았다.

중국처럼 안일하게 인해전술로 해결하자며 나섰다면, 순식간에 백 명 단위의 인원이 사망하고 말았으리라.

제아무리 야마타노 오로치가 거미 여왕과 같은 위험 분류 7등급이라지만, 성신 길드도 그동안 성장을 멈추지 않았다.

거미 여왕과 맞섰을 때는 백강현도 성신 길드의 헌터들도 레벨이 낮을 때였다.

세월이 흐른 만큼 백강현의 레벨도 올랐고, 소속 헌터들도 등급이 오른 이들이 많았다.

'머리 세 개의 시선을 모두 끌려면, 오랜만에 힘 좀 써야겠군.'

야마타노 오로치는 백강현을 한입에 꿀꺽 삼킬 작정인지, 가운데 머리를 하늘 위로 쭉 뻗으며 아가리를 쩍 벌렸다.

"놈의 시선을 내가 끌어보겠다! 다들 최대한 빈틈을 노리고 달려들어!"

백강현은 위기 상황에서도 침착하게 지시를 하달했다.

그리고 나서 놈의 독니를 발판 삼아 다시 점프하는 묘기를 선보였다.

그러자 이번엔 왼쪽 머리가 백강현을 노려보며 입가를 부풀렸다.

그건 곧 브레스를 내뿜겠다는 신호였다.

백강현은 몸을 앞으로 숙이며 가속도를 붙여 아래쪽에 놓인 야마타노 오로치의 머리 위로 내려앉았다.

하지만 놈은 아랑곳하지 않고 그대로 붉은 불꽃을 내뿜었다.

푸화아악!

백강현은 빠르게 쏘아지는 화염을 피하기 위해 놈의 등을 질주했다.

등 뒤로 살벌한 열기가 쫓아왔지만, 백강현은 이미 꼬리 부분에 도착해 도약한 뒤였다.

샤아아!

제 몸에 브레스를 내뿜었지만, 야마타노 오로치는 멀쩡했다.

"지금이야, 파고들어!"

세 개의 머리가 꼬리 쪽에 위치한 백강현을 쫓자, 그는 저스티스 팀원들에게 소리쳤다.

그러자 팀 저스티스는 빠르게 야마타노 오로치의 복부로 접근해 공격을 퍼부었다.

키아아!

복부의 단단한 비늘을 파고든 헌터들의 날카로운 발톱에 고통을 느낀 야마타노 오로치는 양쪽 고개를 돌려 상황을 파악하려 했다.

"다시 빠져! 이번엔 내가 간다!"

"네, 알겠습니다!"

백강현은 일단 팀 저스티스에게 물러서라며 지시한 뒤, 땅 위에 안착하자마자 다시 앞으로 돌진했다.

그러자 가운데 머리는 공격을 멈춘 헌터들 대신 백강현에게 집중하기 위해 몸을 180도 돌렸다

그러면서도 원심력을 이용해 꼬리를 휘둘러 저스티스 팀

원들을 견제했다.

'공략법은 찾았다. 나머지는 놈이 지칠 때까지 몰아치면 될 뿐이다.'

여의도에서 거미 여왕을 상대할 때, 저스티스 멤버들은 평균 50레벨 정도였다.

하지만 현재는 60대 초반까지 최대한 끌어올린 상황이었다.

그러니 인원수가 적더라도 놈의 약점을 끈질기게 몰아붙이면 승산은 있었다.

그때까지 헌터들이 버티거나, 야마타노 오로치가 먼저 지치거나 결판이 날 터였다.

게다가 나아진 것은 헌터들의 레벨과 등급뿐만이 아니었다.

몬스터를 사냥하는 방법도 다양하게 연구되며 헌터들의 기본 수준도 높아졌다.

특히, 증강 현실을 이용한 시뮬레이션 레이드를 통해 다양한 변수들을 사전에 예행연습할 수 있다는 건 가장 큰 이점이었다.

지금 상대하는 야마타노 오로치에 대한 의뢰를 수락했을 때, 성신 길드는 그동안 레이드에 실패한 헌터들의 정보를 수집해 수십 차례 예행연습을 반복했다.

'다른 길드들의 정보를 토대로 시뮬레이션을 돌리며 예

행연습한 보람이 있군.'

　백강현은 자신을 향해 뿜어지는 세 줄기의 브레스를 바라보며 싸늘한 미소를 지었다.

＊　　　　＊　　　　＊

　하루 일과를 마치고 모든 가족이 한자리에 모이는 저녁시간.

　재식은 힘든 몬스터 사냥을 끝마치고 돌아와 부모님과 함께 식사했다.

　그러고 나서 거실에 다같이 둘러앉아 즐거운 티타임을 보냈다.

　재식이 막 하루 동안 어떤 일을 겪었는지 말문을 열려는 찰나, TV의 화면이 갑자기 전환되며 뉴스 속보가 방송됐다.

　TV 속에 등장한 아나운서는 조금 상기된 표정으로 미리 암기한 대본대로 쉬지 않고 멘트를 쳤다.

　[지난달 일본 정부로부터 위험 분류 7단계 몬스터인 야마타노 오로치의 퇴치 의뢰를 받은 성신 길드는 어제 오후 한 시경 백강현 길드장이 팀 저스티스와 지원팀 헌터들을 이끌고 일본으로 출국했습니다.]

　아나운서의 말이 잠깐 멈춘 사이, TV의 화면이 전환되며 백강현 길드장이 쇄도하는 인터뷰 요청을 거부하며 빠르게 출국장으로 들어가는 장면이 흘러나왔다.

기자들이 한마디만 해달라며 애원하는 소리가 끊어지자, 다시 아나운서의 멘트가 이어졌다.

[일본 시가현 비와호에 자리잡은 야마타노 오로치는 위험 분류 7등급의 몬스터로, 현재까지 출현한 7등급 몬스터 중에 가장 강한 것으로 알려졌습니다. 일본으로 출국한 성신 길드 헌터들은 금일 오전 열한 시를 기점으로 야마타노 오로치 레이드를 시작한다 밝혔습니다만, 여덟 시간이 지난 현재까지도 성공했다는 소식이 전해지지 않았습니다.]

재식은 아나운서가 일본에서 벌어지는 야마타노 오로치 레이드에 대해 떠들어 대자, 깜짝 놀라며 두 눈을 동그랗게 떴다.

다른 곳도 아니고, 얼마 전 불미스런 일로 퇴출당한 성신 길드가 위험 분류 7등급인 야마타노 오로치의 레이드에 참여했다는 소식을 이제야 접했기 때문이다.

실력은 3등급인 트롤도 혼자 상대하기 힘들었지만, 재식은 훗날을 대비해 1등급부터 7등급 몬스터에 대한 정보를 모두 암기해 뒀다.

재식이 제공받은 성신 길드의 정보에 따르면, 야마타노 오로치는 그냥 7등급이 아니라 8등급으로 분류해야 된다는 주석이 붙을 정도로 위험한 몬스터였다.

그 서류에는 아직까지 위험 분류 8등급의 몬스터가 등장한 적이 없어서 7등급 몬스터로 배정받았을 뿐이라고 적혀 있었다.

재식은 이에 대한 기사를 읽은 적도 있었다.

세계 헌터 협회가 공식적으로 인정한 가설에 따르면, 그동안 일본 헌터 협회에서 내건 현상금과 일본 정부가 보장하는 혜택에 혹한 수많은 헌터들이 야마타노 오로치의 먹이가 되면서 몬스터가 성장했다는 것이었다.

어찌 생각하면 당연한 일이기도 했다.

헌터들이 몬스터를 사냥해 레벨과 등급을 올려 성장하는 게 당연하다면, 그 반대인 몬스터도 강해질 수 있다는 의미였기 때문이다.

단지 그걸 깨닫는 게 너무 늦었을 뿐이었다.

야마타노 오로치가 비와호에 처음 등장했을 때만 해도 지금보다는 훨씬 작았다.

처음 야마타노 오로치 레이드에 나선 일본의 헌터들은 놈을 대수롭지 않게 여겼다.

그도 그럴 것이, 중국에 출몰한 위험 분류 6등급의 이무기가 야마타노 오로치보다 거대했으니 당연한 반응이었다.

그러니 그동안 상대하던 6등급 몬스터를 상대하듯 놈을

상대했고, 몰살당할 수밖에 없었다.

게다가 일본 헌터들이 몰살당한 후, 일본 정부는 야마타노 오로치를 7등급 몬스터라 발표했지만, 전 세계의 헌터 협회는 그걸 일본 정부가 실패에 대한 책임지지 않기 위해 일부러 등급을 올려 잡은 것이라 여겼다.

불행의 시작은 그게 시초였다.

세계 유수의 공대나 길드는 그동안 6등급 몬스터를 상대하듯 야마나토 오로치 레이드에 뛰어들었다.

그 결과, 그들은 야마타노 오로치의 피와 살이 돼버렸다.

그 뒤로 더 이상 어느 누구도 야마타노 오로치에 대한 일본의 평가를 무시하지 못했지만, 놈은 이미 8등급을 넘보는 강력한 몬스터로 성장한 뒤였다.

덕분에 한동안 야마타노 오로치의 레이드에 나서는 길드는 없었다.

하지만 일본 정부는 한국 정부에 도움을 요청했고, 성신 길드가 레이드에 참여한다는 소식이 전 세계로 퍼져 나갔다.

그러자 전 세계의 이목은 성신 길드에 집중됐고, 일부 국가에서는 성신 길드의 야마타노 오로치 레이드의 실황을 중계할 정도였다.

한국에서는 케이블 TV에서 이를 중계하는 중이었고, 전 세계의 국가들도 성신 길드와 계약을 맺고 중계권을 따갔다.

아마 성신 길드는 중계권을 판매한 것만으로 수백억의 수익을 거뒀을 게 분명했다.

이처럼 전 세계의 방송사들이 레이드 중계에 목을 매는 이유는 돈이 되기 때문이었다.

대격변 이후 차원 게이트를 통해 나타난 이형의 생물체인 몬스터는 인류의 생존을 위협하는 적이고, 이는 불변의 사실이었다.

하지만 인간은 적응의 동물이었다.

몬스터가 등장한지 몇 십 년이 지났을 뿐인데, 인류는 어느새 새로운 환경에 적응해 몬스터 헌팅을 스포츠 경기를 감상하듯 즐겼다.

사람들은 인간을 초월한 능력자인 헌터가 더욱 강한 몬스터를 사냥하는 걸 지켜보며 카타르시스를 느꼈다.

그러다 보니 방송사들은 생중계뿐만 아니라, 몬스터를 사냥하는 영상들을 비싼 값에 사들였다.

일부 선두 주자들은 대형 길드와 계약을 통해 정기적으로 촬영 팀을 파견해 직접 레이드를 촬영했다.

이런 변화를 헌터 길드가 싫어할 리가 없었다.

그도 그럴 것이, 길드의 이름이 방송에 나가는 것 자체가 광고하는 것이나 마찬가지였다.

헌터 업계에 진출한 뉴비들이 길드에 소속되기 전에 가장 먼저 찾아보는 게 최근의 레이드 동영상이니 말 다한 셈이다.

항상 위험한 상황에 노출되는 헌터로서 자신의 안전을 최대한 보장해 줄 수 있는 거대 길드를 찾는 건 중요한 일이었다.

그러다 보니, 헌터 길드는 몬스터 사냥 영상이나, 레이드 영상을 방송에 최대한 많이 노출시키려고 노력했다.

그 결과, 이를 잘해낸 길드가 상위권 길드로 자리 잡았다.

세계 각국이 자국 길드들의 랭킹을 정하는 방식은 대동소이한데, 가장 큰 평가 기준이 바로 길드의 연간 총수익을 따지는 것이다.

수익이 높은 길드는 그만큼 활발히 활동해 몬스터 부산물로 소득을 올렸다는 의미와 상통하기 때문이었다.

'성신 길드가 이번 레이드에 성공하면, 한국 길드 랭킹의 상위권을 껑충 뛰어오를 게 분명해.'

재식은 TV 화면을 지그시 바라보며 입술을 잘근잘근 깨물었다.

현재 길드 랭킹 30위인 성신 길드는 어디까지 날아오를 수 있을까.

야마타노 오로치 레이드라면 성신 길드는 단번에 20위권 아니, 10위권도 노려봄직했다.

물론, 올라간 랭킹을 유지하기 위해서 소수 정예로 팀을 구성하던 정책부터 바꿔야겠지만, 레이드 성공을 어떻게 이용하느냐에 따라 충분히 순위권을 유지할 수 있을 터였다.

[하지만 야마타노 오로치가 크게 지친 상태고, 얼마 안가 레이드에 성공할 것이라는 희망적인 소식이 전해졌습니다. 현장에 나가 있는 최진한 리포터를 연결해 현재 상황에 대해 듣겠습니다. 최진한 리포터.]

[안녕… 십니까! 일본… 위험 분류 7등급의 몬스터, 야마타노 오로치의 레이드 현장에 나와 있는 최진… 현재 성신 길드는 여덟 시간째 레이드를 하고 있습니다.]

TV 화면에서 뉴스 데스크의 모습이 사라지고, 리포터의 툭툭 끊어지는 목소리와 함께 노이즈가 낀 화면이 송출됐다.

헬리콥터에서 찍는지 방송용 드론으로 찍는지는 알 수 없지만, 멀리 떨어진 상공에서 촬영을 진행함에도 불구하고 야마타노 오로치의 압도적인 위용을 고스란히 담아내고 있었다.

'으음… 엄청나네.'

비록 화면 너머로 지켜보는 것뿐이지만, 야마타노 오로치를 마주한 재식은 순간적으로 심장이 내려앉는 듯한 공포를 느꼈다.

곧추선 야마타노 오로치의 세 머리와 각각의 머리가 브레스를 내뿜는 장면은 너무 생생한 나머지, 재식을 꼼짝 못하게 만들기에 충분했다.

＊　　　＊　　　＊

크와앙!

야마타노 오로치는 장시간에 걸친 싸움에 점점 지쳐 갔다.

위험 분류 7등급의 거대 몬스터라지만, 몬스터 또한 결국 생명체였다.

이렇게 장기적인 전투를 경험한 적 없는 야마타노 오로치는 처음 겪는 상황에 어쩔 줄 몰라 하며 우왕좌왕하는 모습을 보였다.

"이제 그만 죽어라."

백강현은 시퍼렇게 빛나는 30㎝ 남짓의 손톱을 세운 채 야마타노 오로치에게 접근했다.

힘이 빠져 눈에 띄게 행동이 둔해진 놈은 백강현의 움직임을 따라잡지 못했다.

그러자 백강현은 회피는 염두에 두지 않고 곧장 야마타노 오로치의 복부에 다가가 단단한 비늘을 날카로운 손톱으로 갈기갈기 찢어버렸다.

그러고 나서 백강현이 놈의 시선을 다른쪽으로 돌리면, 팀 저스티스 멤버들이 비늘이 떨어져 나간 상처 부위에 집요하게 공격을 퍼부었다.

아무리 위험 분류 8등급에 버금갈 정도의 몬스터라고 해도 백강현의 공격은 당해낼 재간이 없는 모양이었다.

특히, 기력이 남아돌 때는 백강현의 공격에 상처를 입어도 금방 회복했지만, 장시간에 걸친 싸움으로 많은 에너지를 소비한 뒤로는 상처를 치료하는 데 힘쓰지 못했다.

상처에 회복하기 위해 힘을 집중하면, 곧장 백강현에 의해 목숨을 잃을 수 있다는 걸 본능적으로 알기 때문일 터였다.

브레스에 쓸 힘도 부족해지자, 놈의 공격 패턴은 몹시 단순해졌다.

머리와 꼬리를 휘두르고, 헌터를 집어삼키기 위해 입을 쩍 벌리고 달려드는 게 전부였다.

헌터들에게 가장 위협적이던 브레스가 더 이상 뿜어지지 않자, 성신 길드 헌터들은 조금 안심할 수 있었다.

하지만 이를 경고하듯 놈은 돌기둥만큼 두꺼운 꼬리를 기습적으로 휘둘러 팀 저스티스의 멤버 중 한 명에게 치명상을 입혔다.

지원 팀의 헌터들은 그를 신속하게 안전 지역으로 대피시킨 뒤 치료했지만, 바로 다시 전장에 합류할 수는 없었다.

 그러자 백강현은 남은 팀 저스티스 멤버들에게 질책을 던졌다.

 "얼마 남지 않았어, 정신 똑바로 차려! 조금 더 집중하란 말이다!"

 백강현은 야마타노 오로치의 끈질긴 저항에 치를 떨었다.

 벌써 여덟 시간 내내 쉬지 않고 레이드를 이끈 만큼, 백강현도 크게 지칠 수밖에 없었다.

 하지만 아직 레이드가 완벽하게 끝난 게 아니었다.

 바닥에 앉아 거친 숨을 몰아쉬는 건 야마타노 오로치의 숨통이 끊긴 뒤에나 가능할 터였다.

 '놈도 많이 지쳐서 더는 브레스를 내뿜지 못하지만, 덩치가 크다는 건 정말 말도 안 되는 이점이네.'

 거대한 덩치와 무게는 일반인이 살짝만 부딪혀도 바로 목숨을 잃을 수 있는 흉기였다.

 잠시 호흡을 고른 백강현은 선언하듯 크게 소리쳤다.

 "조금만 더 힘내라. 이제부터 한 번에 몰아쳐서 단숨에 끝장을 내자!"

백강현은 다시 한 번 팀 저스티스의 멤버가 전선을 이탈할 경우, 지금까지 유지하던 연계가 무너질 수 있다고 판단했다.

　최악의 경우 야마타노 오로치에게 역습을 기회를 내주고, 레이드가 실패할지도 모를 일이었다.

　이젠 정말 끝장을 볼 때라 판단한 백강현은 헌터들을 독려한 뒤, 다시 한 번 야마타노 오로치를 공격하기 위해 정면으로 달려 나아갔다.

4. 다짐

처절한 울음소리가 비와호에 울려 퍼진 뒤, 거대한 물체가 대지 위로 떨어져 내렸다.

쿵.

그워어어어!

위험 분류 7등급의 몬스터 야마타노 오로치는 목 하나를 잃고, 몸부림치며 울부짖었다.

이제 남은 머리는 단 하나.

수많은 헌터를 잡아먹고, 많은 사람들을 좌절케 만든 몬스터의 최후가 얼마 남지 않았다.

무려 여덟 시간에 걸친 싸움 끝에, 백강현은 세 개의 머리 중 양옆에 달린 두 개의 머리를 잘라낼 수 있었다.

가운데 남은 머리는 양옆의 머리가 잘려 나가자, 고통을 견디느라 피눈물을 흘리며 백강현을 노려봤다.

백강현은 놈의 시선에서 동귀어진하고 말겠다는 각오를 읽었다.

"후후, 이제야 그렇게 해야 한다는 걸 깨달아봐야 이미 늦었다."

야마타노 오로치는 후방에서 공격을 퍼붓는 팀 저스티스 따위는 신경 쓰지 않겠다는 듯 꼬리를 대충 휘두르며 견제할 뿐, 시선을 돌리지 않았다.

"급한 건 네놈이니, 먼저 공격해 봐라. 그게 아니라면 그대로 죽음을 받아들이든지."

백강현은 비죽이 웃으며 야마타노 오로치에게 손가락을 까딱여 도발했다.

아무리 강한 몬스터라지만, 크게 지친 상황에 머리 두 개를 잃는 치명상을 입었다.

놈은 이미 승산 없는 싸움을 계속하고 있을 뿐이었다.

'본능적으로 움직이는 놈이라 다행이었어. 전황을 읽고, 무작정 나를 노리며 달려들었다면 이번 레이드는 아마 실패했을 테지…….'

백강현은 마른침을 꿀꺽 삼켰다.

그는 위험 분류 7등급의 몬스터를 사냥한 전적이 있는 S급의 헌터였다.

야마타노 오로치에게 상처 입힐 수 있는 능력을 지니고 있지만, 체력이나 덩치는 놈에게 뒤질 수밖에 없는 게 현실이었다.

만약 놈이 백강현을 우선시해 공격을 퍼부었다면, 지금처럼 머리 두 개를 잃더라도 그를 전선에서 이탈시킨 뒤 남은 헌터들을 정리하는 그림이 그려졌을 터였다.

그 이유인즉, 7등급 몬스터의 단단한 외피에 상처를 입힐 수 있는 건 S급 헌터뿐이기 때문이었다.

백강현은 그걸 여의도 전투에서 뼈저리게 체득할 수 있었다.

S급 이하의 헌터들이 아무리 공격을 퍼부어도 자잘한 생채기도 내지 못하고, 거미 여왕의 공격에 허무하게 목숨을 잃는 걸 눈앞에서 목격했다.

덕분에 7등급 몬스터를 어떻게 상대해야 할지 잘 알게 됐고, 이번 야마타노 오로치 레이드에서 백강현은 상처를 입히는 역할을 전담했다.

하지만 야마타노 오로치는 머리가 세 개라 사각지대를 노려 접근하는 게 애초에 불가능했다.

그래서 백강현은 빠르게 작전을 수정해 팀원들 대신 자신이 세 개의 머리의 시선을 모두 붙잡는 걸 자처했다.

그렇기에 여덟 시간이 넘는 장기전으로 이어질 수밖에 없었다.

하지만 아무리 초인적인 능력자인 백강현이라 해도 몇 시간 동안 쉼 없이 싸울 수는 없었다.

그 빈틈은 저스티스와 지원 팀이 맡아 줄 수밖에 없었다.

다행히 성신 길드도 숙련된 정예 멤버를 대동한 상황이라, 백강현이 한 시간 동안 전투를 치른 뒤, 10분 정도 쉴 수 있는 시간을 벌어줄 수 있었다.

'S급 헌터가 한 명만 더 길드에 소속돼 있다면, 이렇게 시간을 오래 끌 필요도 없을 텐데…….'

백강현은 아쉬운 마음에 속으로 한탄했다.

S급 헌터는 한국엔 다섯 명뿐이었고, 그들은 각기 다른 길드에 소속되어 있는 상태였다.

앞으로도 7등급 몬스터의 레이드를 대비할 수밖에 없다면, 인재 영입이든 성신 길드 내에서 S급 헌터를 키워내야 할 상황이었다.

"이제 그만 끝을 보자!"

자신의 도발에도 야마타노 오로치가 꼬리만 휘두르며 시간을 벌자, 백강현은 선공을 취할 작정으로 공격 자세를 잡았다.

이제 한 개의 머리만 더 떨어뜨리면 성신 길드는 7등급 몬스터를 두 마리나 잡은 길드로서 명성을 날리게 될 터였다.

그때, 누구도 예상치 못한 일이 벌어졌다.

[인간, 너무 기고만장하는구나.]

당장에라도 야마타노 오로치에게 달려가려던 백강현이 몸을 움찔하며 행동을 멈췄다.

귀로 들리는 소리가 아니라, 자신의 머릿속에 울리는 끔찍한 목소리에 깜짝 놀랐기 때문이다.

[무엇에 놀라는가. 괴물이라 여기던 존재가 이성을 가진 존재라 놀라고 만 것인가?]

난생처음 겪는 상황에 당황한 백강현의 머릿속에 다시 한번 철판을 긁는 것처럼 소름 돋는 목소리가 울려 퍼졌다.

'뭐지? 설마 저놈이 내게 대화를 시도하는 건가?'

백강현은 슬쩍 자세를 풀고 야마타노 오로치의 두 눈을 노려봤다.

"네가 말하는 건가?"

[그렇다. 나, 스케나톤이 차원의 벽을 통과하느라 많은 힘을 잃어 지금처럼 난처한 상황을 맞이했지만, 너희들의 미래 또한 나와 같으리라.]

스스로를 스케나톤이라 밝힌 야마타노 오로치는 심상치 않은 말을 내뱉었다.

백강현은 설마 몬스터 따위가 뚜렷한 의지를 지닌 존재라는 걸 받아들이기 어려웠다.

게다가 인간의 미래가 몬스터와 같다는 의미 역시 이해하기 힘들었다.

"같은 미래라니, 혹시 조금이라도 시간을 벌어보겠다는 수작이라면 순순히 죽는 게 편할 텐데?"

백강현은 싸늘한 미소를 지어 보이며 스케나톤을 도발했다.

[흐하하하, 어차피 죽음이 찾아왔다는 걸 받아들인 상태다. 언제든 다가와 나의 목을 베어가도록 하거라, 인간이여. 하지만 마지막 순간에 잠깐의 유희 정도는 보상받을 수 있지 않겠나?]

"하, 웃기지도 않는군. 도대체 누구에게 보상을 받겠다는 말인가?"

야마타노 오로치를 공격하려던 백강현이 갑자기 멈춰 서서 혼잣말을 중얼거리자, 성신 길드 헌터들 사이에서 소란이 일었다.

"설마 그럴 리는 없겠지만, 길드장님이 정신 계열 공격으로 환각이라도 보는 건가?"

"그런 징후는 전혀 없었는데… 혹시 모르니 대비를 하는 게 좋겠어."

팀 저스티스의 멤버들은 서로 의견을 주고받으며, 도대체 무슨 상황인지 파악하기 위해 노력했다.

웅성웅성.

하지만 스케나톤과 대화는 백강현의 귀에는 헌터들이 떠

드는 소리가 들리지 않았다.

[후후후, 나 자신에게 보상을 받는 것이다. 그동안 벌레처럼 달려들던 너희들을 쉬지 않고 퇴치했으니, 마지막엔 조금 여유를 즐기고 싶은 내 변덕일 뿐이지.]

"좋다. 너의 변덕에 장단을 맞춰주지. 우리의 미래가 너와 같다는 건 인류가 멸종한다는 의미인가?"

백강현은 아주 중요한 정보가 될 수도 있겠다는 생각에 스케나톤과의 대화를 조금 더 해보자 마음먹었다.

[흐음, 이제 조금 두려워진 것인가? 하지만 이미 늦었다. 너희는 과거 우리들이 멸망시킨 칸트라 인들과 마찬가지다.]

"칸트라 인?"

[그렇다. 그들처럼 너희 역시 나를 잡기 위해 사력을 다했지. 그렇다면 그 결과는 빤할 뿐이다.]

"그걸 어떻게 확신하는 거지?"

스케나톤의 단정 짓는 듯한 말투에 백강현은 미간을 좁혔다.

[앞으로 이곳 차원에 나오는 비교도 되지 않을 정도로 강한 존재들이 넘어올 것이다.]

야마타노 오로치는 뭐가 그리 즐거운지, 아가리를 쫙 벌리며 징그러운 미소를 지어 보였다.

"그건 너보다 더 강력한 몬스터가 있다는 말이군?"

[몬스터라… 그래, 너희가 보기에 우린 괴물로 보일 수밖에 없겠지.]

쿵!

스케나톤이 말을 마친 순간, 그 거대한 몸이 휘청거리더니 썩은 나무가 넘어가듯 쓰러지고 말았다.

사실 스케나톤은 머리 둘이 떨어진 뒤부터는 성신 길드의 다른 헌터들을 견제하며 발악하고 있을 뿐이었다.

겉으로 보기에 하나의 머리가 온전하게 남아 건재해 보이지만, 목이 잘린 부위에서 지속적으로 피를 흘리며 상태가 악화되는 중이었다.

스케나톤은 어둠이 밀려오는 하늘을 올려다보며, 혼잣말을 중얼거리듯 백강현에게 의지를 전달했다.

[흐으, 사활을 걸고 차원의 벽을 넘었으나, 찾아오는 건 죽음뿐인가. 잠깐의 여유는 이것으로 되었다. 이제 나에게 안식을 다오.]

스케나톤은 더는 저항하지 않겠다는 듯 가만히 눈을 감았다.

그러자 백강현은 눈앞의 존재가 거미 여왕과 많이 다르다는 것을 의아하게 생각했다.

거미 여왕은 같은 7등급의 몬스터지만 자신에게 말을 걸거나, 어떤 의지 같은 것을 드러내지 않고 최후의 최후까지 전투를 치르다 죽음을 맞이했다.

"그전에 내 질문에 답해라. 너보다 강한 몬스터가 우리 세상으로 넘어온다는 뜻인가?"

백강현은 쓰러진 채 눈을 감은 스케나톤에게 되물었다.

그러자 스케나톤은 입꼬리를 슬쩍 들어 올리며 눈을 살짝 떴다.

[머지…않았다. 너희 세상에 우리의 힘의 원천이 짙어지는 날… 군주들이 차원의 문을 찢고 넘어올 것이다.]

"너희들의 힘의 원천은 무엇이냐? 군주들은 어떤 존재들이지?"

백강현은 빠르게 정보를 캐내려 질문을 던졌지만, 마치 최후의 예언이라도 내뱉은 듯 스케나톤은 더 이상 아무 말도 하지 않았다.

스케나톤의 유언에 백강현은 얼굴을 잔뜩 찌푸리며 이를 갈았다.

"길드장님! 마지막 일격을 가해야 하지 않겠습니까?"

머릿속에 직접 울리는 목소리를 듣지 못한 헌터들은 스케나톤의 목숨이 다했다는 것을 알아차리지 못했다.

다른 헌터들의 이목이 주목된 상황에서 백강현이 지긋이 스케나톤을 노려보며 서 있자, 팀 저스티스의 리더인 이종섭이 보다 못해 다가와 귓속말을 속삭였다.

"길드장님, 다들 기다리고 있습니다."

"음, 알겠네."

느닷없는 상황에 잠시 생각에 잠긴 백강현은 퍼뜩 정신을 차리며 대답했다.

백강현은 이미 스케나톤의 목숨이 끊어졌다는 걸 알지만, 마지막 마무리하는 모습을 전 세계 사람들에게 보여줄 필요가 있었다.

스케나톤이 단순한 변덕으로 말을 건 것에 불과한지, 거짓된 정보를 알려 인류 사회를 혼란스럽게 만들려 한 것인지 아직은 알 수 없었다.

하지만 지금 당장 자신이 해야 할 일은 잘 알고 있었다.

"하압!"

스케나톤의 목 위에 올라선 백강현은 기합을 내지르며 손끝으로 기운을 응집시켰다.

그러자 기존의 것보다 조금 더 길고 새파란 손톱이 자라났다.

백강현은 50㎝ 정도 자란 손톱으로 축 늘어진 스케나톤의 굵은 목을 노리며 휘둘렀다.

촤악!

단번에 잘린 목에서 피가 쏟아지자 그 광경을 목도한 헌터들이 일제히 환호성을 질렀다.

"우와!"

"우리가 해냈어!"

백강현은 그들의 목소리에 화답하듯 스케나톤의 피가 묻

은 오른손을 들어 보였다.

하지만 그의 표정은 돌처럼 딱딱하게 굳어 있었다.

레이드가 끝나자, 백강현은 비와호 인근에 급하게 마련된 임시 막사로 향했다.

지금 당장이라도 푹신한 침대에 몸을 눕혀 잠들고 싶었지만, 길드의 수장으로서 처리할 업무가 남았기 때문에 몰려드는 피로감을 견뎌낼 수밖에 없었다.

"이야, 정말 수고 많으셨습니다."

백강현이 야마타노 오로치의 사체를 처리하기 위해 분주히 지시를 내리던 그때, 백발이 성성한 노인이 임시 막사에 들어서며 축하 인사를 건넸다.

"감사합니다."

백강현은 무덤덤하게 일본의 헌터 협회장인 미야모토 신타로의 인사를 받았다.

"역시 성신 길드와 백강현 상의 무위는 최고입니다."

자신들이 해결하지 못한 야마타노 오로치를 퇴치한 것에 대해 신타로 회장은 거듭 백강현을 추켜세우며 입에 발린 소리를 꺼냈다.

"아닙니다. 저희야 의뢰를 받고 정해진 일을 처리했을 뿐입니다."

백강현은 속으로 실소를 터뜨렸다.

신타로 회장은 근처에서 레이드가 끝나기를 기다렸을 테고, 소식이 전해지자마자 쏜살같이 달려온 게 뻔했다.

그 목적 역시도 물을 필요가 없을 정도였다.

"그런데 야마타노 오로치의 시체는 어떻게……."

아니나 다를까, 신타로 회장은 양 손바닥을 마주 비벼 대며 신중하게 말을 꺼냈다.

그가 찾아온 이유는 바로 야마타노 오로치의 사체 처리 문제 때문이었다.

다른 허접한 몬스터도 아니고, 무려 8등급으로 지정해야 한다는 목소리까지 나올 정도로 강한 몬스터였다.

그 부산물의 가치는 상상을 초월할 게 분명했다.

그러니 일본의 헌터 협회장인 미야모토 신타로는 가만히 앉아 있을 수가 없었다.

"글쎄요. 아직 확실하게 정해진 건 없습니다."

백강현은 방금 전까지 지시를 내리던 중이었으나, 그는 전혀 모르는 일이라는 듯 시치미를 뗐다.

"으음, 그렇군요. 혹시 일본 내에서 처리하실 의향은 없으신지 묻겠습니다."

야마타노 오로치의 퇴치 의뢰를 타국에 맡긴 것만으로 그에게 가해지는 압박은 이만저만이 아니었다.

얼마나 무능하면 외국, 그것도 한국에 몬스터 퇴치를 부탁하는 일이 말이나 되냐는 게 주된 골자였다.

하지만 신타로 회장은 비난 여론을 견딜 수밖에 없었다.

사실 그대로 일본의 헌터들이 약해서 몰살당했다고 말을 꺼내는 순간, 몰매를 맞을 게 빤했다.

게다가 이런 불만을 터뜨리는 건 주로 우익 인사들이었는데, 문제는 그들이 헌터 협회장의 자리를 좌지우지할 수 있는 위치에 있는 권력자라는 점이었다.

좋든 싫든 신타로 회장은 그들의 뜻에 따라 춤출 수밖에 없는 꼭두각시에 불과했다.

"한 번 길드 내부적으로 상의한 뒤에 알려드리겠습니다."

"내부에서 검토한들 백강현 길드장님의 의견에 거스를 수 있겠습니까?"

우익 인사들은 7등급 몬스터 토벌의 영광은 물 건너갔으니, 사체만큼은 일본 내에서 소모되길 바랐다.

"엄연히 절차가 있는데, 이를 지키지 않는다면 상호간의 신뢰가 무너질 수 있습니다."

"하지만……."

"제가 조금 바쁩니다. 그 이야기는 다음에 나누시죠."

백강현은 귀찮은 벌레를 내쫓듯 축객령을 내렸다.

그러자 우물쭈물하며 서 있던 신타로 회장은 한숨을 푹 내쉰 뒤 막사를 나섰다.

*　　　*　　　*

[와아! 백강현 길드장과 성신 길드에서 또 한 번 쾌거를 이룩했습니다. 전 세계 헌터들이 이루지 못한 업적을 달성한 영광스런 순간이 아닐 수 없습니다.]

재식은 야마타노 오로치의 마지막 목이 잘려 나가자, 나지막이 감탄사를 내뱉었다.

인류를 위협하는 무시무시한 몬스터, 그중에서도 정점이라 할 수 있는 위험 분류 7등급의 몬스터의 숨통이 끊어지는 최후의 순간을 목격했기 때문이다.

그 엄청난 장면에 전율한 건 재식뿐만이 아닌지, 동네 곳곳에서 환호성이 터져 나오며 일순간 시끌벅적한 축제의 분위기가 만들어졌다.

[시청자 여러분, 한국의 자랑스러운 성신 길드에서 장장 아홉 시간에 걸친 레이드를 성공리에 끝마쳤습니다. 정말 감격스런 순간입니다!]

재식은 리포터의 흥분한 기색이 TV 화면을 뚫고 나와 생생히 전달되는 것처럼 느껴졌다.

아나운서도 그가 너무 흥분했다는 걸 느꼈는지, 서둘러 현장 연결을 끊어버렸다.

하지만 아나운서 역시 성신 길드의 대변이라도 된 듯 조금 상기된 목소리로 소식을 전했다.

그럼에도 불구하고, 누구 하나 나서서 그 열띤 목소리를 막는 이는 없었다.

하지만 재식은 다른 이들처럼 마냥 기쁘게 생각할 수만은 없었다.

백강현이 쓰러진 야마타노 오로치의 마지막 목을 베어낼 때, 재식은 자신의 목이 잘리는 듯한 서늘한 느낌을 받았다.

성신 길드에서 퇴출당한 날, 사무실에서 먹잇감을 바라보는 듯한 백강현의 눈빛이 떠올랐기 때문이다.

게다가 만약 성신 길드에서 겪은 생체 실험에 대한 이야기를 외부에 발설하면 가만두지 않겠다는 협박이 귓가에 울리는 듯했다.

"윽!"

재식은 날카로운 통증이 가슴에서 느껴지자, 자신도 모르게 신음을 참으며 한 손으로 가슴을 움켜잡았다.

스트레스 때문인지 뻐근한 통증이 가슴을 중심으로 퍼지며, 숨조차 쉴 수 없게 만들었다.

"재식아, 갑자기 무슨 일이야? 어디 아프니?"

아들이 비명을 내뱉으며 손으로 가슴을 부여잡자 김정숙이 깜짝 놀라 재식의 곁으로 바짝 다가가 앉았다.

"재식 엄마, 빨리 병원에 데리고 가봐."

정성훈은 재식의 상태가 심상치 않다 여겼는지, 정숙을 재촉했다.

"으음… 별일 아니에요. 아까 너무 급하게 먹어서 좀 가슴이 답답했을 뿐이에요."

재식은 걱정스러운 눈으로 자신을 살피는 부모님의 모습에 얼른 핑계를 둘러댔다.

"정말이니?"

"네. 이제 괜찮아요. 보세요."

재식은 환하게 웃으며 부모님을 안심시켰다.

그러자 심장을 죄던 통증도 희미해지며 사라져 버렸다.

하지만 겉으로는 아무렇지 않은 척했지만, 걱정은 여전히 남은 상태였다.

재식은 어쩌면 백강현이 자신뿐만 아니라 부모님에게까지 마수를 뻗칠지도 모를 일이라 여겼다.

"그럼 혹시 모르니까, 소화제라도 먹으렴."

"네. 혹시 집에 남은 약이 좀 있어요?"

"아, 그러고 보니 저번에 마지막으로 먹고 사 와야겠다고 생각했는데, 아직 사다놓질 않았네."

"알겠어요. 그럼 약국 좀 다녀올게요. 혹시 뭐 필요한 거 있으세요?"

재식의 부모님은 필요한 건 없으니, 서둘러 다녀오라는 말을 건넸다.

집 밖으로 나온 재식은 그냥 무작정 걸었다.

심란한 마음에 집 밖으로 뛰쳐나왔지만, 마땅히 갈만한 곳이 있는 건 아니었다.

완벽한 거짓말을 위한다면 증거를 만들기 위해 약국에 들러 소화제를 사 먹어야겠지만, 그러자니 돈이 아까웠다.

그러다 보니 번화가 쪽으로 이어지는 길가까지 걸어 나오고 말았다.

그런데 거리를 바쁘게 걸어 다녀야 할 사람들이 한군데 멈춰 서서 뭔가를 바라보며 시끄럽게 떠들고 있었다.

그들의 모습에 호기심을 느낀 재식은 사람들이 모인 곳으로 걸어갔다.

'아, 레이드 영상을 보고 있었구나.'

그곳에 모인 사람들은 60인치의 TV로 성신 길드의 야마타노 오로치 레이드 중 방송사가 하이라이트 부분만 편집한 영상을 지켜보고 있었다.

"와, 랭킹 30위인 성신 길드는 이제 7등급 몬스터를 두 마리나 잡은 거네?"

"그렇지. 10년 전인가… 여의도에 나타난 거미 여왕이 7등급 몬스터였으니까."

"아, 맞네. 그런데 그때는 한국 헌터들도 꽤 많이 죽지 않았어?"

"어휴, 말도 마라. 나 어릴 때 여의도에서 살았는데, 그때는 정말 죽는지 알고 펑펑 울어 댔다."

친구끼리 이야기를 주고받던 이들 중 한 명이 10년 전 등장한 거미 여왕에 대해 언급했다.

그러자 그 이야기를 듣던 친구들이 깜짝 놀라며 눈을 동그랗게 떴다.

"정말? 네가 그때 거기 있었다고?"

"그렇다니까, 내가 언제 거짓말하는 거 봤냐?"

"야, 어떻게 용케 살아남았다?"

친구 중 하나가 당시 여의도에 있었다는 말에 딴죽을 걸었다.

"뭐, 전투가 벌어지던 현장은 아니었지만, 그 인근에서 대피 중이었지."

"그러냐? 아무튼 성신 길드는 벌써 두 번이나 7등급 몬스터를 잡았는데, 이러면 랭킹이 뭔가 잘못된 것 아니냐?"

"아, 그거? 그건 내가 좀 자신 있는 분야지."

"그래? 그럼 위험 분류 7등급 몬스터를 잡은 성신 길드가 왜 30위에 랭크돼 있는지 설명해 봐. 내가 볼 땐 그 것보다는 훨씬 높아야 정상이거든?"

랭크 시스템에 의문을 표한 남자는 그동안 자신이 궁금하던 걸 질문했다.

그러자 이들의 이야기를 듣던 주변 사람들도 하나둘 설명을 시작하려는 이의 말에 귀를 기울였다.

재식도 듣다 보니 흥미가 동한 참이라, 그의 설명을 기대하며 레이드 영상에서 시선을 돌렸다.

"에헴, 잘 들어. 딱 한 번만 설명해 줄 테니까."

"그래. 어서 말해봐! 답답해서 현기증 난다."

"한국의 헌터 길드 랭크는 대한민국 헌터 협회에서 매달 조사해 발표하는데, 그 기준이 몬스터 레이드 수익과 사냥한 몬스터의 위험 등급, 레이드 중 피해가 얼마나 발생했는지를 종합해 점수를 매기거든."

여기까지는 재식도 이미 잘 아는 내용이었다.

남자의 말에 설명을 덧붙이자면, 헌터 협회는 매월 길드로부터 신고를 받는 걸로 끝이 아니라 자신들이 수집한 정보를 토대로 검토를 거친다.

단순한 보여주기식 랭킹은 아니라는 의미였다.

"그런데 이번에 성신 길드가 야마타노 오로치 레이드를 성공했으니까, 상위권으로 치고 올라갈 게 분명해."

"야, 그럼 이번에 상위권에 안착해서 몸집을 불리면 기존의 1위부터 10위 길드까지 씹어 먹는 거 아니냐?"

"아마도 그렇겠지."

재식은 승승장구하는 성신 길드의 소식에 쓴웃음을 지어 보였다.

확실히 그동안 10위권 밖의 길드 순위는 몇 차례 변동이 있었지만, 상위 길드들은 자신들의 순위를 확고히 지켜냈다.

그게 무너질 수 있다는 건, 그만큼 성신 길드의 야마타노 오로치 레이드 성공이 단순히 위험한 몬스터 한 마리를 퇴치한 것 이상의 의미를 가진다는 뜻이었다.

"이야, 그럼 볼만하겠네."

"그렇지. 지금 다들 주목하는 게 성신 길드가 과연 몇 위권까지 치고 올라갈까 인데, 너는 몇 위 정도라고 예상하나?"

"그건 아직 모르겠다. 일단 10위권 안의 길드들은 다들 쟁쟁한 헌터들을 보유하고 있잖아."

"그건 그래. S급은 아니지만, 곧 S급 판정을 받을 만한 헌터들도 다수 보유한 길드도 있으니까. 그런데 성신 길드는 길드장인 백강현 말고 유명한 헌터가 별로 없잖아."

설명을 듣던 친구와 주변 사람들이 일제히 고개를 끄덕이며 수긍했다.

재식은 역시 그의 평가에 이견이 없었다.

"그럼 너는 10대 길드 중 어느 곳이라도 야마타노 오로치를 사냥할 수 있다는 뜻이야?"

길드 랭킹에 대해 의문을 표한 친구가 다른 질문을 던지자, 설명하던 친구는 어깨를 으쓱해 보였다.

"국내에 다섯 명밖에 없는 S급 헌터의 능력이 훨씬 뛰어나서 7등급 몬스터에게 치명상을 입히는 건 수월하지만, 뒤를 받쳐 줄 헌터의 수도 중요하다는 게 정설처럼 굳어지긴 했지."

"야, 그게 도대체 무슨 말이야?"

"직접 그들이 나서기 전까지는 알 수 없다는 말이지."

"아니, 빙빙 돌려서 설명하지 말고, 자세히 설명해봐."

"데이터가 별로 없어서 다들 추측할 뿐이라는 뜻이야. 7등급 몬스터가 고블린처럼 자주 등장하면 10대 길드들도 레이드에 나서서 결과를 보여줄 텐데, 아쉽지 않냐?"

"야! 아주 악담을 해라."

설명을 듣던 이는 무시무시한 발언을 꺼낸 친구에게 버럭 소리를 질렀다.

"아니, 한 번 겁준 거뿐이야. 네가 하도 관심을 보이기에 지금 와서 헌터가 되려는 건 아닌가 걱정돼서."

"인마, 너나 나나 벌써 40이 넘었어. 이 나이에 무슨 헌터냐?"

"그렇지. 우리 나이에 무슨 헌터냐, 그냥 직장인으로 노예처럼 살다가 가는 거지."

이쯤 되니, 두 사람의 대화에 집중하던 사람들은 흥미를 잃고 다시 TV 화면으로 고개를 돌렸다.

재식은 백강현의 모습을 더는 보고 싶지 않았기 때문에 다시 거리를 배회할 생각으로 발걸음을 내딛었다.

그런데 다음에 이어지는 이야기가 재식의 발목을 붙잡았다.

"이 자식이, 갑자기 사람 우울해지게… 야, 그런데 너는 헌터도 아닌 놈이 업계 관계자는 돼야 설명할 만한 정보를 어떻게 아는 거냐?"

"그게… 내 마누라 친구의 남동생이 헌터야."

"응? 어느 길드 소속인데? 혹시 성신 길드 헌터냐?"

"아니. 그건 아니고, 얼마 전에 유전자 시술을 받아서 이제 막 중급 헌터가 됐나 봐."

"뭐? 몇 살인데 벌써 중급 헌터가 돼?"

"뭐, 마누라 친구랑 동생이 나이 차이가 좀 난다고 하더라."

성신 길드의 이야기일까 싶어 걸음을 멈췄는데, 재식이 기대하던 이야기는 흘러나오지 않았다.

"그래? 뭐, 축하할 일이네. 그런데 몬스터가 무섭지 않은 건가? 나는 TV 화면으로 봐도 징그러운데."

그의 말에 재식은 힐끗 TV 화면으로 보이는 야마타노 오로치를 살폈다.

그러고 나서 피식 웃음을 터뜨렸다.

매끈한 뱀일 뿐인 야마타노 오로치가 징그럽다면, 오크나 트롤을 보면 기겁할지도 모를 일이었다.

"인마, 우리가 잡을 것도 아닌데 그게 뭐가 궁금하냐?

우린 술이나 마시러 가자.”

“그러자. 아까운 시간만 낭비했네. 야, 그런데 1차는 네가 쏘는 거냐?”

“인간아, 내가 이렇게 힘들게 떠들었는데, 목 축일 술은 네가 사야지 않겠냐?”

“그럼 1차는 내가 책임질게. 2차는 네가 사는 거냐?”

“야, 그러다 나 마누라한테 쫓겨나.”

만담을 주고받으며 멀어지는 두 사람을 바라보던 재식은 다시 발걸음을 떼기 전에 TV 화면으로 고개를 돌렸다.

거기엔 마지막으로 하나 남은 야마타노 오로치의 목을 벤 백강현이 서 있었다.

‘이제 겨우 30렙 언저리의 중급 헌터인데, 갈 길이 머네…….’

집에서 레이드 중계를 봤을 때는 그저 막연하게 그들이 강하다는 생각뿐이었다.

하지만 길거리 사람들의 입장에서 헌터들에 대한 이야기를 듣다 보니 백강현이 정말 대단한 사람이라는 걸 다시 한 번 깨달았다.

그러고 나서 겨우 위험 분류 1등급의 코볼트 네 마리에 허덕인 자신의 모습이 떠올라 괜히 민망했다.

혼자 사냥했다는 걸 감안하더라도 이대로는 안 되겠다는 생각이 들었다.

　　　　＊　　　　＊　　　　＊

　비와호가 한눈에 내려다보이는 언덕 위에 그림같이 지어진 호텔의 한 객실.

　한때 호수의 전경을 감상할 수 있다는 이점 때문에 수많은 관광객이 몰려들던 호텔이었다.

　하지만 게이트가 열리고 야마타노 오로치가 비와호에 자리 잡자 폐점하게 된 곳이었다.

　그 호텔은 현재 성신 길드의 숙소로 사용되는 중이었다.

　성신 길드는 부상자들에 대한 치료를 위해 가까운 곳에 숙소를 정하고 싶어 했고, 일본 정부와 헌터 협회는 부랴부랴 먼지 쌓인 호텔을 청소했다.

　"그래, 협상은 모두 끝났나?"

　백강현은 비와호가 훤히 내려다보이는 테라스에 앉아 느긋하게 와인을 마시며, 이종섭에게 질문을 던졌다.

　"네. 길드장님의 지시대로 몬스터의 사체는 한국으로 가져가는 대신 마정석은 일본 정부에게 2,000억 엔에 넘겼습니다."

　"잘했어. 다른 건 없고?"

　보고를 들은 백강현은 자신의 지시가 제대로 이행된 것에 별다른 감흥이 없다는 듯 시큰둥하게 반응했다.

"조금 전 나대현 부장에게서 연락을 받았는데, 길드장님께 직접 보고할 게 있다고 하더군요. 그런데 전화를 안 받으신다고…….."

원래라면 길드장을 찾는 전화는 비서가 맡을 일이었다.

하지만 위험한 레이드 현장에 비서를 대동할 이유는 없기에, 일본에서는 이종섭이 그의 비서 역할까지 도맡게 되었다.

"그래? 나 부장이 뭐라고 하던가?"

나대현 부장의 보고라는 말에 백강현은 검지와 중지 사이에 끼운 와인 잔을 테이블 위에 내려뒀다.

"얼마 전까지 고블린을 잡다가 어제부터는 코볼트 사냥을 한다고 합니다."

어떤 헌터가 고블린과 코볼트를 사냥하는지 언급은 없었지만, 이종섭은 나대현 부장이 들려준 말을 앵무새처럼 되풀이했다.

"그래? 다른 말은 없었나?"

백강현은 가만히 고개를 끄덕이더니 재차 질문을 던졌다.

"네. 다른 언급은 없었습니다."

"그렇단 말이지… 눈치껏 행동할 정도의 요령은 있나 보군."

보고를 마저 들은 백강현은 차갑게 눈빛을 반짝이며 작게 중얼거렸다.

이종섭은 그걸 지켜보며 의문이 들지 않을 수가 없었다.

그 헌터가 누구이기에 백강현이 이토록 관심을 두는 것인지 알고 싶어졌다.

성신 길드에 소속된 헌터라면, 모두 유전자 변형 시술을 받은 중급 헌터이거나, 각성 헌터 중 치유와 버퍼 능력에서 두각을 드러낸 이들뿐이었다.

그 말인즉, 고블린이나 코볼트를 사냥하는 헌터는 없다는 뜻이었다.

하지만 이종섭은 입을 굳게 다물고 침묵을 고수했다.

아무리 팀 저스티스의 리더라 해도 백강현이 먼저 말을 꺼내지 않는다면 그만한 이유가 있을 테니 함부로 묻지 않는 게 좋았다.

"더 할 말이 없다면 그만 나가서 일 봐."

백강현은 다시 와인 잔을 손에 들었다.

"알겠습니다. 쉬십시오."

"그래. 오늘 협상 진행하느라 수고했어. 자네도 푹 쉬게."

"네. 감사합니다."

이종섭은 인사를 마치고 백강현이 머무는 객실에서 나왔다.

그러더니 바로 인상이 딱딱하게 굳어졌다.

자신이 아는 백강현은 어지간해서는 수고했다는 말을 꺼

내지 않았다.

게다가 이종섭은 등을 돌리기 전, 백강현이 내비친 차가운 미소를 보고 말았다.

그 싸늘함에 등골이 다 오싹할 정도였다.

정황상 이 변화는 보고받은 헌터의 행동거지 때문일 게 분명했다.

이종섭은 과연 백강현의 관심을 끄는 헌터가 누군지 한번 알아볼까 싶었지만, 이내 생각을 고쳐먹었다.

괜히 백강현의 눈 밖에 나는 위험한 짓을 하고 싶지는 않기 때문이었다.

5. 워밍업!

아침이 밝아오자, 재식은 알람이 울리지도 않았는데, 기지개를 켜며 잠에서 깨어났다.

"으아~"

짹짹! 짹짹!

그건 귓가에 울리는 참새 떼의 시끄러운 울음소리 때문이었다.

대격변 전에는 대기 오염과 무분별한 개발로 인한 공해가 심해 이렇게 서울에서 새소리를 들으며 아침을 맞이하는 건 거의 불가능했다.

하지만 몬스터가 나타난 뒤로 그들의 시체에서 채취한 각종 부산물과 마정석으로 화석연료 소비와 광산 개발 등이 줄어들자, 지구의 환경은 빠르게 좋아졌다.

그러다 보니 도심을 떠난 새들이 돌아와 이렇게 아침마다 소란스런 콘서트를 열어 댔다.

"어휴, 오늘따라 유난히 더 시끄럽네."

창밖의 새소리에 잠에서 깬 재식은 작게 투덜거리며 자리에서 일어났다.

보통 때라면 벌써 집을 나설 채비를 마치고 헌터 협회로 가서 적당한 의뢰가 있는지, 새로운 사냥터가 있는지 둘러볼 시간이었다.

하지만 재식은 어제 성신 길드의 야마타노 오로치 레이드를 보며 생각을 고쳐먹고 새로운 시도를 준비하자 생각했다.

어제까지는 중급 헌터라도 능력이 부족하다 자책하며 선택의 폭을 스스로 줄였다면, 이제부터는 부족한 만큼 철저히 준비하고 계획을 세우자 마음먹었다.

그것이 어제 성신 길드의 레이드를 지켜보며 얻은 깨달음이었다.

어차피 몬스터의 힘과 비교할 때, 인간이 뒤처지는 건 당연한 일이었다.

아무리 각성과 유전자 변형 시술을 거친다 하더라도 기본적인 피지컬은 몬스터 쪽이 훨씬 우수했다.

그럼에도 인류가 멸종하지 않고 몬스터의 침공을 막아낼 수 있던 원동력은 효과적인 전략과 전술 덕분이었다.

그걸 단적으로 보여준 게 어제의 야마타노 오로치 레이드였다.

그동안 수많은 헌터들이 도전했지만 실패하던 의뢰를 성신 길드가 성공한 건, 다른 특별한 이유가 있는 게 아니었다.

과거에 인간은 도구를 사용함으로써 맹수들을 짓밟고 먹이사슬의 정점에 올라섰다.

그동안 자신이 놓친 부분이 무엇인지 깨달은 재식은 자신도 할 수 있다는 자신감이 생겼다.

철저한 사전 준비와 계획한 바를 실행에 옮길 능력만 있다면, 아무리 어렵고 힘든 전투라도 충분히 치러낼 수 있을 터였다.

그래서 재식은 잠들기 전까지 몬스터를 상대할 작전을 계획했고, 오늘은 작전에 필요한 장비를 확보할 생각이었다.

방에서 나온 재식은 대충 씻은 뒤, 어머니가 차려준 아침을 먹고 집을 나섰다.

"다녀오겠습니다."

"그래. 조심히 다녀오렴."

"네."

재식의 목적지는 보라매공원 인근에 입점한 헌터 백화점

이었다.

그곳은 신화 그룹에서 운영하는 곳으로, 본점은 을지로에 위치하고 있었다.

보라매 지점은 본점보다 격은 떨어지지만, 비싼 명품을 취급하는 본점보다 가성비 좋은 물건을 구입할 수 있는 곳 이었다.

버스를 타고 신화 헌터 백화점 앞에 위치한 정류장까지 이동한 재식은 곧장 건물 내부로 들어섰다.

"어서 오십시오. 저희 신화 헌터 백화점을 찾아주셔서 감사합니다."

입구에 들어서기 무섭게 단정한 제복을 차려입은 미녀들이 재식에게 인사했다.

한 번도 방문한 적 없는 헌터 백화점이었지만, 고객 응대는 헌터 장비 대여점과 크게 다르지 않았다.

그러다 보니 재식은 갑자기 인사를 건네는 직원의 목소리에도 놀라지 않았다.

하지만 백화점 안으로 들어선 재식은 엄청난 인파에 우뚝 걸음을 멈추고 말았다.

웅성웅성.

백화점의 입구인 1층엔 이른 아침부터 헌터들이 찾아와 북새통이 따로 없었다.

재식의 시골 촌뜨기 같은 반응에 인사를 건넨 백화점 직원이 푸근한 미소를 지어 보였다.

'에이, 쪽팔리게…….'

재식은 너무 민망한 상황에 얼른 백화점 안으로 들어가 엄청난 인파 속에 숨어버렸다.

"보조 용품, 보조 용품이……."

재식은 1층에 진열된 상품을 둘러보며 자신에게 필요한 물건을 찾았다.

하지만 아무리 돌아봐도 재식에게 필요한 보조 용품은 발견할 수 없었다.

그도 그럴 것이, 1층에 진열된 상품 대부분은 무기와 방어구뿐이었다.

재식은 작년에 장만한 카타르가 있고, 방어구는 굳이 비싼 제품을 구입할 생각이 없었다.

몬스터에 근접해 공격하기 때문에 무겁고 값비싼 방어구는 오히려 짐 덩이에 불과했다.

게다가 메탈 슬라임의 유전자 형질을 발현하면 물리 대미지를 크게 줄일 수 있으니, 방어구에 큰돈을 투자할 필요성을 느끼지 못했다.

다만, 심장이 뚫리고 목이 떨어지면 죽을 게 빤하니, 가죽에 철판을 덧댄 상체 아머만 사용하는 중이었다.

1층 대부분을 돌아본 재식은 결국 직원에게 물어볼 수밖에 없었는데, 마침 한쪽에 안내 데스크가 마련돼 있었다.

"안녕하세요, 고객님. 무엇을 도와드릴까요?"

"저기… 보조 장비를 구입하고 싶은데, 어디로 가야 할까요?"

"저희 백화점에서는 보조 장비를 지하 1층에서 판매하고 있습니다."

직원은 재식의 질문에 친절히 안내를 해주었다.

"아, 그렇군요. 감사합니다."

재식은 직원에게 감사 인사를 건넨 뒤, 에스컬레이터를 타고 지하 1층으로 내려갔다.

그런데 재식은 다시 한 번 깜짝 놀라고 말았다.

지하 1층에 내려와 수백 가지의 보조 장비가 전시된 장관을 목격했기 때문이다.

하지만 재식은 이내 정신을 차리고, 보조 장비를 하나하나 세세히 살펴봤다.

몬스터에게 큰 피해를 가할 수 있는 지뢰부터 몬스터 접근을 방지하는 불쾌한 향이 첨가된 스프레이까지 백화점엔 온갖 물건들이 쌓여 있었다.

그중에서 재식이 유심히 살핀 건 냄새를 지워주는 스프레이와 몬스터용 덫이었다.

혼자 사냥을 나서는 재식은 자신의 흔적을 감출 수 있는 제품과 다수의 몬스터를 상대하기에 앞서 효과적으로 수를 줄일 수 있는 장비가 필요했다.

"흐음, 어느 게 적당한지 모르겠네……."

재식이 사냥하려는 몬스터는 코볼트였다.

그렇다면 코볼트에게 효과적인 장비를 준비하는 게 중요했다.

지하철 던전의 고블린이라면 이미 경험이 충분하기 때문에 금세 필요한 물건들을 골라 집었을 터였다.

하지만 코볼트를 상대로 보조 장비를 사용한 적이 없기 때문에 고민은 길어질 수밖에 없었다.

"오크보다 약하니까, 오크용 덫을 쓰면 되려나?"

고블린보다 강하지만 오크보다는 약한 몬스터가 코볼트니까, 일견 일리는 있어 보였다.

하지만 재식은 이내 고개를 저으며 생각을 바꿨다.

'오크와 코볼트는 덩치부터가 달라. 오크에 맞춰 설계된 장비가 코볼트에게는 효과적이지 않을 수도 있어.'

"그냥 코볼트용으로 개발된 물건들이 있는지 확인하는 게 더 빠르겠네."

재식은 보조 용품들을 둘러보며 코볼트를 상대하기 위한 물건이 있는지 확인해 봤다.

하지만 어째서인지 코볼트의 특성에 맞춰 출시된 제품은 발견할 수 없었다.

"저기요. 혹시 코볼트용 덫은 없나요?"

넓은 매장을 다 둘러볼 수 없겠다고 판단한 재식은 가까운 매장으로 들어가 질문을 던졌다.

그러자 매장 직원은 고개를 갸우뚱하더니 재식에게 되물었다.

"코볼트요?"

"네."

재식의 대답을 들은 매장 직원은 이상한 사람이 다 있다는 듯한 표정을 지어 보였다.

"코볼트용 덫이 없지는 않지만, 찾는 사람이 없어서 들여놓지 않습니다."

"아… 그렇군요. 알겠습니다."

재식은 워낙 인기가 없는 몬스터니, 그럴 수도 있겠다며 수긍했다.

"뭐, 정 필요하시다면 본사에 연락해서 물건을 가져올 수도 있습니다만……."

"기간은 어느 정도나 걸릴까요?"

"글쎄요. 제가 코볼트용 덫이 출시됐다는 걸 들은 게 5년 전입니다. 제고가 남아 있을지도 모르고요."

"아, 그럼 됐습니다. 수고하세요."

재식은 고작 코볼트용 덫을 기다리며 시간을 죽일 필요는 없다고 판단했다.

"으음, 뭐가 좋을까?"

매장 밖으로 나온 재식은 우두커니 서서 깊은 고민에 빠져 들었다.

그러다 결국 시행착오를 거치며 조금씩 전략을 수정할 수밖에 없다는 판단을 내렸다.

그 후의 과정은 아주 순탄했다.

재식은 지하 1층에 입점한 여러 브랜드의 제품을 살피며 깐깐하게 비교했다.

그리고 필요하다면 직원에게 물어 어떻게 사용하는지 직접 실습까지 해봤다.

길고 지루한 과정을 거쳐 선택한 건 곰을 잡기 위해 사용하는 강철 덫과 아이스하키에서 사용하는 퍽처럼 생긴 두 종류의 덫이었다.

곰 잡이용 강철 덫은 반원 형태의 덫을 펴 놓고, 사냥감이 그 위를 지나가다 덫을 밟으면 날카로운 톱니가 발목을 파고드는, 아주 기본적인 형태의 물건이었다.

동그랗고 납작한 퍽처럼 생긴 덫은 말만 덫이지, 전기 충격기의 일종이었다.

가운데 버튼을 누르고 목표를 향해 던지면 1초 뒤에 전선들이 투망처럼 튀어나와 표적을 감싼다.

그러면 5만 볼트의 강력한 전류가 흐르며 표적을 전기 충격으로 제압한다.

곰 잡이용 덫으로 한 번, 그리고 이 전기 덫으로 한 번 숫자를 줄이면 혼자라도 대여섯 마리로 구성된 코볼트 순찰대 하나는 충분히 제압할 수 있을 터였다.

"딱 제가 바라던 물건들입니다."

실제 사용 영상까지 살펴본 재식은 두 덫이 몹시 마음에 들었다.

하지만 설치와 사용이 간단한 데 비해 가격이 살짝 부담됐다.

강철 덫이야 18만 원에 망가질 때까지 반영구적으로 쓸 수 있다지만, 전기 덫은 일회용이고 가격도 한 개에 30만 원 정도라 결코 무시할 수 없는 금액이었다.

하지만 재식은 큰맘 먹고 곰 잡이용 강철 덫 다섯 개와 일회용 전기 덫 열 개를 구입했다.

매번 구매를 위해 시간을 낭비하기 보다는 넉넉하게 사는 게 좋을 것 같기에 미리 한 번에 많이 구입한 것이었다.

그렇게 덫을 사고 백화점을 나선 재식은 백화점 인근에 자리 잡은 중고 장비 매장이 눈에 띄었다.

백화점 인근에 입점하기에 적절한 업종은 아니라 오히려 시선이 갔다.

재식은 뭐라도 건질 게 있을까 싶어 중고 매장 안으로 들어섰다.

그런 후, 마침 싸게 나온 단검 하나를 발견했다.

단검은 일반 헌터들에게 무척 요긴한 물건이었다.

일반 헌터는 대다수는 소속이 없는 프리 헌터이고, 몬스터 사냥이 끝나면 본인이 직접 몬스터를 해체해야 한다.

몬스터 해체를 전문적으로 도맡아 처리하는 업체가 있지만, 하루 일당에 쩔쩔매는 일반 헌터들이 그런 업체에 의뢰를 맡기는 건 배보다 배꼽이 더 큰 일이었다.

그래서 일반 헌터들은 항상 단검을 소지해 돈이 되는 부위를 직접 수습하고, 나머지 부위는 버린다.

게다가 잡은 몬스터를 해체할 때뿐만 아니라, 사냥 중에 피치 못할 사정으로 무기가 망가지거나 놓친 경우에는 보조 무기로 활용할 수도 있었다.

그래서 일반 헌터 외의 헌터들도 예비용 단검 하나 정도는 꼭 구입해 소지하는 편이었다.

재식은 자신의 단검을 머릿속에 떠올려 봤다.

벌써 1년 넘게 사용한 단검이라 날이 무뎌진 것도 있고, 날이 군데군데 나가서 폐품처럼 보일 정도였다.

가격에 혹한 재식은 단검을 집어 들어 자세히 살피기 위해 손을 뻗었다.

그런데 손이 향하는 곳 조금 위쪽으로 특이한 모양의 방패를 발견했다.

크기만 보자면 팔에 착용하면 팔과 어깨를 살짝 가리는 형태였다.

일견 방패처럼 보이지만, 방패보다 폭이 훨씬 좁았다.

거기에 검붉은 색을 띠고 있어 얼핏 보면 녹이 슨 것처럼 보였다.

재식은 단검을 살펴봐야 한다는 걸 알면서도 자꾸만 그 물건에 시선을 빼앗겼다.

'뭔데 자꾸 신경 쓰이는 거야?'

보지 않으려 의식해도 절로 눈길이 갈 정도니, 분명 뭔가 있을지도 모른다는 생각이 문득 들었다.

결국, 재식은 중고 매장 직원을 호출했다.

"아저씨, 이 이상하게 생긴 방패는 뭔가요?"

"네. 갑니다."

매장 안쪽에 앉아 한가롭게 TV를 시청하던 남자는 천천히 의자에서 일어나 재식에게 다가왔다.

"뭐가 궁금하십니까?"

"이 방패의 용도가 궁금해서요."

재식이 작은 방패를 가리키자, 그는 인상을 확 구기며 방패를 집어 들었다.

그러더니 한숨을 푹 내쉬었다.

"이거요? 하!"

"왜요? 제품에 하자가 있는 건가요?"

직원의 이상한 반응에 재식은 괜한 질문을 한 건 아닌가 싶었다.

보통은 고객이 물어오면 어떻게게라도 그 물건을 팔기 위해 온갖 감언이설을 동원할 텐데, 남자는 오히려 제품에 대한 신뢰도를 뚝 떨어뜨리는 행동을 보여줬다.

"이 물건은 방패가 아니라… 아니, 뭐 방패의 일종이기는 합니다. 여기 이 구멍에 팔을 끼워 사용하는 암 가드거든요."

"암 가드요?"

재식은 직원의 설명에 고개를 갸우뚱했다.

명칭에서 대충 어떤 식의 물건이라는 건 어림잡을 수 있지만, 실제로 보는 건 처음이었다.

암 가드는 이름 그대로 팔을 보호하는 방어구로, 양손에 무기를 든 헌터들의 방어를 수월하기 위해 만들어진 물건이었다.

비록 크기가 앙증맞아 효과가 있을까 의문이지만, 없는 것보다는 백배 나을 터였다.

다만, 크기 탓에 한계가 분명한 방어구임에는 틀림없었다.

"암 가드를 사용하느니, 그냥 피하고 말겠다는 헌터가 많습니다. 수요가 적으면 가격이라도 착해야 하는데, 생산이 적으니 되레 가격만 비싼 애물단지입니다."

똥을 씹은 듯한 표정으로 설명하는 남자의 모습에 재식은 충분히 그럴 수 있겠다 생각했다.

"그렇군요."

재식은 잠시 이 방어구의 활용에 대해 고민했다.

물론, 남자의 말처럼 몬스터의 공격은 피하면 그만이고, 위험한 상황에 놓이지 않는 게 최선이었다.

하지만 자신은 혼자 사냥하는 헌터였고, 언제 어떤 위험이 닥칠지 모르는 상황이었다.

즉, 생존을 위해서라면 온갖 상황을 염두에 두고 만반의 준비를 갖추는 게 중요했다.

암 가드라면 자신의 움직임에 지장을 주지 않으면서도, 몬스터의 공격을 방어할 수 있는 아이템이었다.

크기를 보면 착용 시 손목부터 어깨까지는 확실하게 보호할 수 있을 것으로 보였다.

'이거라면 숄더 어택에 활용할 수도 있겠는데?'

재식은 몬스터에 근접할 수밖에 없었고, 위급한 상황이라면 어깨로 몬스터를 가격하는 수법도 종종 사용했다.

지금까지는 그냥 어깨로 들이받았기에 사냥 후에 어깨에서 시큰한 통증을 느끼는 날도 있었다.

하지만 암 가드를 착용해 어깨를 보호할 수 있다면, 몬스터에게 더 강한 충격을 줄 수도 있고 더는 어깨도 아플 일이 없어질 게 분명했다.

"흠, 이거 가격이 얼마인가요?"

재식은 당장 구매 의사를 밝혔다.

가격만 정당하다면 사지 않을 이유가 없었다.

그런 재식의 생각을 읽은 것인지 직원은 즉답하지 않고,

재식을 잠시 바라봤다.

정말로 암 가드를 사려는 것인지, 아니면 그냥 호기심 때문에 물어본 것인지 파악하기 위해서였다.

앞서 다녀간 수많은 헌터들도 특이한 모양에 질문을 던지곤 했기 때문이다.

"이걸 정말 구입하시려고요?"

"네. 뭐, 가격만 적당하다면 구입할 생각입니다만……."

재식은 혹시나 가격을 후려치지는 않을까 싶어 망설이는 듯한 뉘앙스를 풍기며 말끝을 흐렸다.

"그렇다면 제가 구매한 가격의 반값으로 드리겠습니다."

하지만 그는 가격이 얼마인지 밝히지 않고, 두루뭉술한 표현을 사용했다.

재식은 그가 얼마에 이 중고 제품을 구입했는지 알 수 없으니, 당연히 되물을 수밖에 없었다.

"그게 얼마인가요?"

"200만 원만 주세요."

"200이요?"

"네. 저희가 헌터님께 이 제품을 구입한 가격이 400만 원입니다. 하지만 저희 나름대로 수선하기 위해 지출한 비용이 150만 원입니다. 그러니 저는 550만 원을 받아야 하는데, 어차피 팔리지도 않을 거 그냥 200만 원에 드리는 겁니다."

'이게 무슨 참신한 개소리지?'

장비를 구매해 판매하려면 수선을 거치는 건 당연한 수순이었다.

그런데 수선비를 들먹이는 건 뭐란 말인가.

재식은 어이없다는 듯 코웃음을 쳤다.

"제 사정도 좀 생각해 주십시오. 이게 사연이 많은 물건이라……."

직원은 어떻게든 재식을 설득할 생각인지, 물건을 구입하게 된 계기부터 현재에 이르는 사연을 주구장창 늘어놨다.

남자는 이 특이한 색상의 암 가드가 뭔가 느낌이 남달라 구입을 했지만, 수선을 맡겼더니 수리할 수 없다는 답변과 함께 재질 검사 의뢰비 150만 원의 청구서를 받았다며 하소연했다.

"그게 무슨 말인가요?"

"하, 저도 엄청 따졌죠. 그런데 뭐, 합금처럼 보이는데 일반적인 철로 만든 물건이 아니라나? 아무튼 그래서 녹여서 다른 장비를 만들 수도 없었습니다."

"흐음, 그래서 애물단지라면 저도 더더욱 200만 원을 다 드릴 수는 없죠."

재질을 알 수 없다는 말에 순간 혹한 재식이었지만, 그렇다 하더라도 200만 원은 너무 과한 액수라 여겨졌다.

"저도 200만 원은 받아야겠습니다."

"좋아요. 그럼 여기 이 단검까지 해서 200에 주세요."

재식은 암 가드의 가격을 깎는 대신 자신이 원래 살피던 날에 물결무늬가 드러난 단검을 가리켰다.

솔직히 매입가가 400만 원이니, 검사 비용으로 추가로 150만 원이 들었다느니 하는 말들은 확인할 길이 없었다.

그가 단순히 가격을 후려치기 위해 지어낸 얘기에 불과할 수도 있었다.

그러니 가격을 깎기 위해 씨름하느니, 덤을 받는 게 더 낫겠다 판단한 재식이었다.

"헉! 안 됩니다. 그 단검은 100만 원은 받아야 합니다."

직원은 재식이 마구 가격을 후려치자 깜짝 놀라며 기겁했다.

그도 그럴 것이, 재식이 집어 든 단검은 다마스쿠스 강을 재련한 물건이기 때문이었다.

"그럼 210만 원은 어떠세요."

재식은 이제 흥정의 시작이라 여기며 슬슬 타협점을 찾아보자 마음먹었다.

"음, 290만 원은 주셔야……."

"220만 원."

"275! 그 이하는 정말 죽어도 안 됩니다."

재식은 죽어도 안 된다는 말에 포기할 생각은 없었다.

"230만 원에 주시죠."

"정말 275만 원이 마지노선입니다. 양심에 손을 얹고 손해보고 파는 겁니다."

"에이, 상인이 손해본다는 말은 아직 더 여유가 있다는 말이라던데. 240만 원은 어떠세요?"

"아니요. 275만 원이 아니라면 판매하지 않겠습니다. 그냥 돌아가십시오."

"흐음, 알겠습니다. 그럼 단검에 맞는 검집까지 서비스로 제공해 주시면 275만 원에 사겠습니다."

"하아… 그렇게 하시죠."

흥정을 마친 두 사람은 거래를 마친 뒤 입가에 미소를 지었다.

재식은 마음에 드는 장비와 보조 무기인 단검을 싼 가격에 구입해서 좋았고, 남자는 악성 재고인 암 가드를 판매해 속이 후련하기 때문이었다.

*   *   *

재식은 렌트한 SUV를 몰아 주차장으로 진입했다.

차를 주차한 재식은 운전석에서 내려 트렁크를 열었다.

트렁크 안에는 장비들이 깔끔하게 정리돼 있었는데, 재식은 장비를 집어 몸에 둘렀다.

아머 상의를 입고, 왼쪽 팔에는 중고 장비 매장에서 싸게 구입한 암 가드를 장착했다.

그다음에는 팔목 위까지 덮는 건틀릿을 끼고, 하의는 아머 대신 가죽 바지를 입었다.

그러고 나서 신고 있던 신발을 벗고 부츠를 신었다.

마지막으로 군대에서 자주 볼 수 있는 X—밴드를 아머 위로 착용했다.

재식은 X—밴드의 끈을 당겨 몸에 착 달라붙게 조절한 뒤, 오전에 구입한 전기 덫을 매달아 언제라도 즉시 사용할 수 있게 준비했다.

그런 뒤, 카타르가 들어 있는 검집은 허벅지에 단단히 고정시켰다.

차근차근 장비를 착용한 재식은 빼먹은 건 없는지 꼼꼼히 점검한 뒤, 사냥 후 부산물을 담기 위한 용도의 배낭 하나를 짊어졌다.

그 안에는 전기 덫과 함께 구입한 곰 잡이용 강철 덫이 들어 있었다.

장비들의 무게는 대략 15㎏ 정도였지만, 유전자 변형 시술로 강화된 몸이라 힘들지는 않았다.

"새로운 물품도 구입했고, 각오도 다질 겸 최대 수익을 목표로 노력하자."

재식은 혼자서 중얼거리며 마음을 굳게 다잡았다.

주차장을 빠져나온 재식은 곧장 일반인의 출입을 통제하

기 위해 설치된 펜스로 다가갔다.

그러자 무장한 군인이 재식을 제지하며 멈춰 세웠다.

"정지! 무슨 용무이십니까?"

"네. 헌터인데, 몬스터 사냥을 위해 왔습니다."

재식의 복식을 보면 누구라도 헌터라고 생각할 터였다.

하지만 군인은 절차상 질문을 던진 것에 불과했고, 재식도 그에 답한 것뿐이다.

"라이선스를 보여주시기 바랍니다."

"여기 있습니다."

군인은 재식에게 헌터 협회에서 발급받은 헌터 라이선스를 요구하자, 재식은 팔목에 착용한 헌터 브레슬릿을 조작해 자신의 사진이 박힌 헌터 등록증을 띄웠다.

재식이 브레슬릿을 내밀자, 군인은 스캐너를 브레슬릿에 가져다 댔다.

따—

스캐너는 순식간에 확인 작업을 마친 뒤, 귀에 거슬리는 기계음을 냈다.

"확인했습니다. 그런데 언제까지 사냥하실 것입니까?"

군인은 헌터 라이선스가 진짜임을 확인하고, 곧바로 사냥 시간을 물었다.

이는 예정된 시간이 지나도 사냥터에서 나오지 않으면 구조대를 보내기 위해서였다.

헌터들의 사냥 시간은 대체로 오전 여덟 시 이후부터 일몰 전까지인데, 이는 해가 떨어지고 밤이 되면 몬스터에게 조금 더 유리한 상황이 되기 때문이었다.

몬스터는 짐승보다 본능이 훨씬 발달했기 때문에 밤이 되면 인간을 압도할 정도의 감각으로 기습을 가할 수 있는 상황이 된다.

굳이 위험을 감수할 필요가 없다면 밤 시간대의 사냥은 피하는 게 좋았다.

물론, 특정 의뢰를 받은 공대나 길드의 경우엔 저녁 시간에만 출몰하는 몬스터를 잡기 위해 일부러 일몰 후에 사냥터나 던전에 들어가는 경우도 있었다.

하지만 재식은 파티 없이 혼자 사냥할 예정이니, 적어도 일몰 전에는 나오는 게 안전했다.

"늦어도 네 시까진 나올 겁니다."

아직은 겨울이라 해가 무척 짧았다.

게다가 오늘은 새로 구입한 장비들을 사용해 보기 위해 잠깐 들른 것이니, 그리 오래 사냥할 생각은 없었다.

"네 시라… 알겠습니다. 그럼 수고하십시오."

군인은 벌써 오후 두 시인데, 네 시에 사냥을 마치고 나온다는 재식의 말에 의아한 표정을 지어 보였다.

하지만 이내 자신이 걱정할 필요는 없다는 걸 상기해 내고, 사냥터로 이어지는 문을 개방했다.

관악산 사냥터로 들어가는 출입문은 이중으로 되어 있는데, 입구에서 문을 열고 헌터가 들어가면 출입문을 닫은 뒤 벽 너머의 문을 개방하는 형태였다.

이는 혹시라도 출입구가 개방됐을 때, 몬스터가 벽 너머 입구에 대기하다 몰려나오는 걸 방지하기 위해서였다.

"헌터 한 명 들어갑니다."

군인은 무전기로 펜스 위 초소에 있을 상급자에게 보고했다.

입구의 출입문은 그의 소관이지만, 뒤편의 문은 초소에서 관리하기 때문이었다.

이 역시 사냥터로 들어가는 헌터를 보호하기 위해서였다.

사냥터의 문 앞에 몬스터가 어슬렁거리는 중이라면, 헌터를 놈들의 먹이로 던져 주는 것이나 마찬가지였다.

이런 절차를 무시할 수 없다는 걸 알지만, 재식은 어서 새로 구입한 장비들을 시험하고 싶었다.

"그럼 수고하십시오."

재식은 서둘러 출입문 안으로 들어가며 자신을 검문한 군인에게 인사를 건넸다.

"아, 네. 헌터님도 조심하십시오."

군인은 헌터에게 수고하라는 말을 처음 들은 것처럼 깜짝 놀라 허둥지둥하며 대답을 건넸다.

출입문으로 들어선 재식은 내벽의 문이 열리기를 기다리

며 심호흡했다.

이 앞은 몬스터들이 언제 어디서 튀어나올지 모르는 위험 지역이었다.

천천히 긴장감을 끌어올려 어떤 상황에도 대비할 수 있도록 준비할 필요가 있었다.

"후읍, 하아……."

심호흡을 하는 사이, 내벽의 문이 천천히 개방됐다.

내벽 안의 공기가 스며들자 재식은 인상을 찌푸렸다.

불과 5m 정도 두께의 벽이 밖과 안을 구분할 뿐인데, 공기의 무게가 달라진 것처럼 느껴졌기 때문이다.

문이 완전히 열리자, 재식은 주변을 빠르게 둘러보며 몬스터가 없다는 걸 확인했다.

그러고 나서 곧장 오크 출몰 지역이 아닌 코볼트 출몰 지역으로 향했다.

저벅저벅.

재식은 아직까지는 인가와 관악산을 분리한 펜스 근처라 조금 소리를 내더라도 빠른 속도로 걸었다.

하지만 조금 뒤 숲 안으로 접어들면 숨소리조차 죽이며 걸어야 할 터였다.

20여 분을 걸은 재식은 20m가 넘는 높이의 펜스가 앙상한 나뭇가지들에 가려질 정도로 나무가 빽빽이 자란 숲 안으로 들어섰다.

그러고 나서 바로 주변을 살피며 코볼트의 흔적을 찾았다.

흔적을 찾는 일은 그다지 어렵지 않았다.

최근 내린 눈이 나무의 그늘에 가려져 녹지 않은 곳 위에 코볼트의 발자국이 찍힌 걸 확인할 수 있었기 때문이다.

재식은 그 발자국이 이어진 방향으로 고개를 돌렸다.

그러자 재식의 것보다 작지만 짐승의 것이라 보기엔 너무 큰 발자국이 눈이 녹아 진창이 된 진흙 구덩이에 잔뜩 찍혀 있었다.

'오크보다 작은 발자국, 바로 이거다. 발자국 형태가 뚜렷하게 남은 걸 보니, 이곳을 지나간 지 얼마 되지 않은 것처럼 보이네.'

재식은 발자국이 이어지는 방향을 머릿속에 집어넣은 뒤, 흔적과 멀리 떨어진 곳까지 걸어갔다.

곧장 발자국을 따라가면 코볼트를 마주치겠지만, 아무 준비도 하지 못하고 바로 전투가 시작될 수도 있었다.

그러니 발자국과 평행을 이루며 추적하는 게 좋을 것 같았다.

재식은 어느 정도 거리를 벌린 후에, 발자국이 이어진 쪽으로 방향을 틀어 걸었다.

그러자 불에 탄 나무의 매캐한 냄새가 바람에 실려와 코끝을 스쳤다.

미친놈이 아니라면 몬스터가 널린 지역에서 느긋하게 캠핑을 하지는 않을 터.

그렇다는 건 이 냄새를 만들어낸 건 몬스터라는 뜻이었다.

재식은 바짝 긴장한 채 조심스럽게 발걸음을 옮겼다.

잠시 후, 재식은 150m 정도 떨어진 골짜기 아래에서 코볼트들이 옹기종기 모여 앉아 무언가를 굽고 있는 것을 발견했다.

'생각보다 빠르게 발견했네. 운이 좋은 건가?'

재식은 코볼트들의 모습을 확인하고 곧장 뒤로 물러났다.

바로 습격하지 않은 이유는 코볼트의 숫자가 다섯 마리이기 때문이었다.

기습으로 한 마리를 죽여도 네 마리나 남기에, 자칫 잘못하다가는 포위당할 위험이 너무 높았다.

게다가 오늘 사냥에 나선 이유는 새로운 사냥법을 시험해 보기 위함이었다.

굳이 위험을 감수할 필요는 전혀 없다는 뜻이었다.

재식은 적당히 거리를 벌렸다 생각하자, 곧바로 덫을 설치하기 위해 적당한 장소를 물색했다.

그러다 눈이 녹을 정도의 양지바른 공터를 발견했다.

재식은 공터에 다섯 개의 덫을 설치했다.

그러고 나서 덫 위에 나뭇잎과 녹지 않은 눈을 뿌렸다.

마지막으로 덫이 설치된 장소에 가느다란 나뭇가지를 꽂아 덫을 설치한 장소를 표시해 뒀다.

"휴, 이게 쉬운 일이 아니네."

준비를 마친 재식은 이마에 송골송골 맺힌 땀을 훔쳤다.

이젠 코볼트들을 이곳까지 유인할 차례였다.

재식은 최대한 발소리를 죽인 채 코볼트가 모여 있는 골짜기로 향했다.

코볼트는 머리가 개와 닮은 만큼 소리와 냄새에 민감했다.

하지만 코볼트들은 재식이 골짜기 위로 올라설 때까지 누군가 자신들을 노리고 접근한다는 걸 알아차리지 못했다.

재식은 코볼트들이 정신이 팔린 이유가 궁금해 골짜기 아래를 내려다봤다.

'응? 토끼네!'

코볼트들이 둘러앉은 가운데 타오르는 불꽃 위에 올려진 게 뭔지는 알 수 없었지만, 코볼트 한 마리의 옆으로 아직 가죽을 벗기지 않은 토끼가 다섯 마리나 더 있었다.

아마도 사냥을 나와 토끼를 잡았는데, 무리로 돌아가기 전에 놈들끼리 한 마리를 뚝딱 해치우려는 모양이었다.

'아주 잘됐네.'

코볼트들이 그냥 무리가 있는 곳으로 돌아가 버렸다면, 어쩌면 오늘은 공쳤을지도 모른다.

하지만 놈들이 먹이에 대한 욕심을 드러낸 덕분에 재식은 코볼트를 상대하기 위해 준비해 온 것들을 사용해 볼 기회를 얻었다.

'자, 이제 어떻게 한다?'

재식은 막상 코볼트를 덫을 설치한 곳으로 유인할 방법이 떠오르지가 않았다.

그렇다고 무턱대고 뛰어내리며 기습을 가할 수는 없었다.

그러다 문득 발목에 찬 단검이 눈에 띄었다.

새로 장만한 게 아니라, 기존에 사용하던 단검이었다.

관리하는 데 최선을 다했지만, 날이 많이 상해서 그냥 버릴까 고민하다가 혹시 몰라 예비용으로 가져온 참이었다.

재식은 코볼트를 유인하기 위해 단검을 투척하기로 마음먹었다.

혹시라도 빗나가 잃어버리더라도 아쉬울 게 전혀 없었다.

호흡을 가다듬은 재식은 속으로 기합을 내지르며 오른손으로 단검을 아래쪽으로 힘껏 던졌다.

딱!

캥!

재식은 단검을 던지기 무섭게 골짜기를 내려와 덫을 설치한 방향으로 달려갔다.

그렇게 뒤도 확인하지 않고 달리다 생각해 보니, 단검을 던진 후 들려온 소리가 조금 이상했다.

단검이 박혔다면 비명 소리만 들렸을 텐데, 뭔가 둔탁한 것끼리 부딪치는 소리가 먼저 들렸다.

'젠장⋯ 자세가 별로라 제대로 날아가지 않았나 보네.'

아무래도 위에서 아래로 투척하다 보니, 단검의 손잡이 부분이 코볼트의 머리와 부딪친 모양이었다.

재식이 던진 단검은 애초에 투척용으로 장만한 게 아니라, 사체를 해체하기 위해 가격만 보고 구입한 것이었다.

무게 중심이 제대로 잡혀 있을 리가 없었다.

하지만 재식이 의도한 소기의 목적은 제대로 이루어졌다.

컹컹!

빠르게 달리는 재식의 뒤에서 코볼트의 울음소리가 들려왔다.

자신의 작전대로 코볼트들이 뒤쫓아오자, 재식은 다리에 더욱 힘을 줘 덫을 묻어놓은 공터에 도착했다.

그리고는 자신이 묻어둔 덫을 살짝 피해 계속 앞으로 달려갔다.

재식의 뒤를 바짝 쫓던 코볼트는 표식을 발견하지 못한 채 마냥 내달릴 뿐이었다.

깨앵!

재식을 뒤쫓던 코볼트 중 두 마리가 덫에 걸리며 바닥을 나뒹굴었다.

갑작스레 발목을 파고든 덫으로 인해 두 마리의 코볼트는 발목을 부여잡고 시끄럽게 울어 댔다.

동족의 비명에 앞서 달리던 코볼트들이 멈춰 서서 뒤를 돌아봤다.

컹컹!

뒤쪽에서 울음소리가 들리자 재식도 달리던 것을 멈추고 뒤를 돌아봤다.

그러자 무슨 일인지 몰라 멍하니 서 있는 코볼트 세 마리가 보였다.

그 절호의 찬스를 재식이 놓칠 리가 없었다.

재식은 망설이지 않고 X—밴드에서 전기 덫 하나를 꺼내 코볼트를 향해 던졌다.

불과 5m 정도 떨어진 거리라, 재식은 전기 덫이 절대 빗나가지 않으리라 생각했다.

그런데 참 어처구니없게 전기 덫은 목표로 한 코볼트에게 정확히 날아갔지만, 설정된 시간이 너무 짧아서 코볼트의 몸에 닿기도 전에 내장된 전기선이 튀어 나오며 공중에서 투망처럼 펼쳐졌다.

넓게 퍼진 전선은 한데 뭉쳐 있던 코볼트들을 덮쳤다.

코볼트에게는 불행, 재식에게는 크나큰 행운이었다.

세 마리가 한꺼번에 전기 덫의 전선에 걸려 5만 볼트의 전기 충격을 받으며 몸을 부르르 떨어 대더니 바닥으로 쓰러져 버렸다.

재식은 허벅지에 고정시킨 검집에서 카타르를 손으로 쥐어 뽑아 들었다.

그러고 나서 전기 덫에 당해 쓰러진 코볼트 세 마리의 목에 카타르를 한 번씩 깊숙이 꽂아줬다.

재식이 느긋하게 움직이며 숨통을 끊는 데도 놈들은 어떤 반항도 할 수 없었다.

그나마 저항하며 발버둥 친 건 뒤쪽에 남은 두 마리의 코볼트였다.

하지만 다리 한쪽을 못 쓰는 놈들은 재식의 상대가 될 수 없었다.

결국 남은 두 마리의 숨통까지 끊어버린 재식의 입가에 만족스런 미소가 퍼져 나갔다.

"와, 이거 너무 좋은데?"

재식은 너무 쉽게 코볼트 다섯 마리가 잡히자 눈을 동그랗게 뜨며 감탄성을 내질렀다.

그도 그럴 것이, 어제는 네 마리를 상대하며 진땀을 뺐 코볼트 사냥이었는데, 덫을 활용하는 것만으로도 전투가 너무 수월해졌다.

재식은 이게 꿈은 아닌가 싶을 정도로 이 상황이 믿기지가 않았다.

6. 업그레이드

코볼트 순찰대 다섯 마리를 순식간에 해치운 재식은 생각보다 보조 장비가 자신과 상성이 무척이나 잘 맞음을 깨달았다.

단순한 곰 잡이용 강철 덫도 그랬고, 특히나 전기 덫의 성능은 헌터 백화점에서 구입할 때 들은 설명보다 훨씬 뛰어났다.

코볼트가 모여 있다 보니 아주 우연히 벌어진 일이지만, 모든 발명이 이런 우연한 발견에서부터 시작되는 것 아니겠는가.

재식은 만약 전기 덫을 조금 더 가까운 곳에서 사용했다면 어떨까, 또는 전기 덫의 전선 길이를 조금 더 길게 개량을 한다면 더 효과적이지 않을까 고민해 봤다.

하지만 이내 고개를 저으며 잡념을 털어버렸다.

전기 덫을 만든 회사에서 자신과 같은 생각을 해보지 않았을 리가 없었다.

아마 최적의 효율을 이끌어낼 수 있는 게 제품으로 출시된 것이리라.

다만, 전기 덫의 효과가 너무 좋다 보니 다른 고민이 꼬리를 물고 이어졌다.

전기 덫 한 개만 사용했을 뿐인데, 코볼트 세 마리를 순식간에 무력화시킬 수 있었다.

사냥하는 시간보다 코볼트를 찾거나, 강철 덫을 설치하는데 들어간 시간이 훨씬 길었다.

'일단 고민은 뒤로 미루자.'

재식은 벌써 신고한 시간이 가까워오자, 돈이 되는 부산물과 마정석을 재빨리 채취하고 덫을 수거했다.

그러고 나서 코볼트가 모여 있던 바위 아래로 가서 잘 익은 토끼 고기와 한쪽에 놓여 있는 토끼 사체도 챙겼다.

사실 굳이 이런 것까지 챙길 필요는 없었지만, 그냥 버려두기에는 아까웠다.

'가다가 군인들에게 주는 것도 나쁘지 않고.'

별로 대단한 것은 아니지만 재식도 군대에 다녀와서 그들의 사정이 어떨지 빤히 보였다.

옛날에 비하면 좋아졌다고 해도 군대에 있으면 모든 것이 불합리하고, 아무리 먹어도 배가 고플 터였다.

던전 출입구를 지키는 군인들은 인근 지역 군부대에서 파견 나온 이들이라 오가는 민간인들에게 조금씩 도움을 받겠지만, 군대에 매인 군인이라는 신분은 변하지 않는다.

분명 배도 고프고 힘들 테니, 이 토끼 고기라도 가져다주면 오늘 하루는 포식할 수 있을 것이다.

불 위에서 이미 익어버린 고기는 날씨 때문에 차갑게 식기야 하겠지만, 크게 개의치는 않으리라.

챙길 걸 모두 챙긴 재식은 빠르게 걸어온 길을 되짚어 돌아가 출입구에 도착했다.

재식은 출입구 한쪽에 마련돼 있는 작은 상자를 열고 버튼을 눌렀다.

지잉—

신호가 울리고, 곧 스피커에서 말소리가 흘러나왔다.

[누구십니까?]

"헌터입니다. 사냥 마치고 복귀합니다."

[잠시 고개를 들어 카메라를 똑바로 봐주십시오.]

근무자는 조금의 요령도 없는 사람인지, 던전을 출입하는 매뉴얼대로 신원 확인 절차를 밟아 나갔다.

얼른 쉬고 싶은 마음이 굴뚝같았지만, 재식은 군인의 지시에 따랐다.

잠시 후, 이상한 점을 발견하지 못한 군인은 절차를 마무리했다.

[협조해 주셔서 감사합니다. 문을 개방하겠습니다.]

짧은 경고음과 함께 출입문이 열렸고, 문의 안쪽으로 들어온 재식은 외벽의 문이 열리길 기다렸다.

재식은 출입구를 나서자마자 양옆에 서서 긴장한 채 자세를 잡고 있는 군인을 살폈다.

그런데 들어가기 전에 마주쳤던 사람이 아니었다.

"수고하십니다. 근무 교대하셨나 보네요. 이거 받으시죠."

재식은 그래도 상관없다는 듯 배낭에서 토끼를 꺼내 군인에게 건넸다.

"네, 30분 전에 근무 교대했습니다. 그런데 이건……."

근무를 서던 군인은 재식이 내미는 토끼들을 보고 당황한 듯 고개를 갸우뚱했다.

"아, 별거 아닙니다. 코볼트 순찰대를 상대했는데, 그놈들이 사냥해서 가져가던 걸 빼앗았습니다. 가져가서 다른 분들이랑 함께 드세요."

"정말 그래도 되겠습니까?"

군인은 조금 놀란 눈치였다.

"네. 추운 날씨에 고생 많으신데, 고기라도 드시면 좋잖아요."

재식이 갈팡질팡하는 군인에게 토끼를 전부 떠넘기고, 주차장으로 향했다.

별거 아니란 듯 말하며 토끼들을 모두 넘기고는 주차장에 주차시켜 놓은 SUV로 향했다.

급히 장비를 시험하기 위해 빌린 차량이라 시간이 지나기 전에 반납해야 하기에 재식의 발걸음이 절로 빨라졌다.

사냥하는 데 오랜 시간이 걸리지 않았지만, 일단 헌터 협회에 들러 전리품을 정리할 필요가 있었다.

더구나 앞으로도 차가 필요한 일이 많을 테니, 집에 돌아가기 전에 중고차 매장까지 돌아보려면 남은 시간을 알차게 사용할 필요가 있었다.

"감사합니다. 잘 먹겠습니다."

주차장으로 걸어 가는 재식의 뒤로 토끼 고기를 받은 군인의 감사 인사가 들려왔다.

그 인사에 재식은 뒤도 돌아보지 않고 한 손을 들어 올려 살짝 흔들어줬다.

렌터카에 도착한 재식은 트렁크를 열고, 착용한 장비를 역순으로 벗어 트렁크에 실었다.

그러고 나서 곧장 헌터 협회 남부 지부를 향해 차를 몰았다.

잠시 후, 헌터 협회에 도착한 재식은 마정석과 부산물만 판매하고 얼른 건물을 나섰다.

가벼운 마음으로 막 차에 오르려던 찰나, 재식의 눈에 한 헌터 용품 대여점이 보였다.

'아, 저기는…….'

수많은 헌터 용품 대여점 중 유독 눈에 띄는 하나의 간판.

그곳은 바로 6개월 전, 재식에게 행운을 안겨다 준 에이스 헌터 숍이었다.

헌터 용품 대여점의 상호로는 썩 평범한 편인 이름을 꿋꿋하게 걸고 장사하는 특이한 곳이었다.

예전에 직원에게 너무 평범하지 않냐 물었는데, 그때 직원은 '대여점에 방문한 헌터들이 모두 에이스가 되어 성공하길 바란다'는 사장님의 생각이 반영된 이름이라 설명했다.

그게 정말인지, 직원이 순간적인 기치를 발휘해 둘러댄 것인지 알 수 없지만, 자신에게 행운을 가져다준 것만은 확실했다.

재식은 시간을 허비하면 안 된다는 걸 알면서도 괜스레 그곳을 들러보고 싶다는 마음이 들었다.

딸랑!

"어서 오십시오."

"어서 오세요. 저희 에이스 헌터 숍을 방문해 주셔서 감사합니다."

입구에 들어서기 무섭게 직원들이 일제히 인사를 건넸다.

이 늦은 시간에 장비를 보기 위해 방문하는 고객이 없다 보니 시선이 일제히 쏠린 탓이었다.

"와……."

하지만 재식의 관심을 끈 것은 그들의 인사가 아니라, 반년 만에 확 달라진 대여점의 모습이었다.

양옆의 가게를 인수했는지 대여점의 크기는 이전보다 훨씬 커져 있었다.

그만큼 진열된 장비도 많아졌고, 직원도 대거 확충했는지 눈에 띄는 직원 수도 늘어난 상황이었다.

"무엇을 도와드릴까요?"

가장 가까이 위치한 직원이 멍하니 서서 매장 안을 둘러보는 재식에게 다가섰다.

"아, 제가 쓰는 방어구를 수선하려는데, 가능할까요?"

헌터 용품 대여점 중 몇 군데에서는 무기와 방어구를 대여하는 것뿐만 아니라, 헌터들의 낡은 물건을 수선해주기도 했다.

그래서 재식은 그냥 구경 왔다는 말을 꺼내는 대신, 여태껏 미루던 일을 해결하자 마음먹었다.

"예, 물론 가능합니다. 어떤 물건인지요?"

다행히 이곳 에이스 헌터 숍은 장비 수선 서비스를 제공하는 모양이었다.

하기야 헌터들에게 대여한 물건들이 온전한 형태로 돌아오지 않는 경우가 허다하니, 대부분 한 번 빌려준 후에는 수선을 거쳐 다시 내놓아야 할 수밖에 없을 것이다.

다른 사람이 전에 사용한 것을 수선 없이 그냥 빌려줬다가 전투 중에 대여 장비 때문에 사고라도 나면 평판이 나빠지기 때문이었다.

대부분의 헌터 용품 대여점은 수선 업체에 맡기는 편이었고, 자체적으로 작은 대장간을 마련하는 곳도 있었다.

지금처럼 대여 물품이 아닌 것도 수선이 가능하다는 건 에이스 헌터 숍은 후자의 경우란 말이었다.

"잠시만요."

직원에게 양해를 구한 재식은 밖에 세워둔 차에서 자신이 사용하던 방어구와 카타르를 가져왔다.

"이 물건들의 수선이 가능하겠습니까?"

"그럼요."

재식이 테이블 위에 올려둔 방어구와 카타르를 보기도 전에 직원이 냉큼 대답했다.

그러고 나서야 직원은 재식의 물건들을 살펴봤다.

"어? 이 레더 아머는 성신 길드에서 사용하는 건데……."

"네. 바로 알아보시네요?"

직원의 말처럼 재식의 방어구는 성신 길드에 가입을 했을 때 받은 것이었다.

교육대에 들어가 훈련을 받거나 실습할 때 사용한 물건으로 원래는 반납해야 하지만, 성신 길드에서 그냥 재식에게 기념으로 준 것이었다.

사실 말이 기념이지, 일종의 경고나 마찬가지였다.

자신들이 언제나 지켜보고 있다는 것을 은연중에 알리는 것이다.

"하하하, 그럼요. 성신 길드 소속이십니까? 그럼 길드에 공방이 있을 텐데…… 이거, 저희 가게가 그만큼 유명해졌단 뜻으로 봐도 될까요?"

"그건 좀… 지금은 성신에서 나온 상태거든요."

"아… 크흠, 어디 보자… 어? 이건 저희 가게에 있던 물건인데?"

괜한 말을 했다 싶었는지, 직원은 헛기침하며 말을 돌리다 카타르를 발견하고 반색했다.

그러더니 카타르 손잡이 부근에 적힌 일련번호까지 확인했다.

재식은 더없이 반가워하는 직원의 모습에 살짝 미소를 지었다.

"네. 반년 전에 이벤트를 했는데, 그때 경품으로 받은 물건입니다."

"그래요?"

"아, 맞다. 가게 오픈 5주년 행사를 했잖아."

주변에 서 있던 안경 쓴 직원이 심심했는지 이야기에 끼어들어 아는 척했다.

"그때, 한 손님이 특별 이벤트에 당첨돼서 추첨만 두 번 했는데, 1등이랑 2등을 독식해서 무기와 고급 포션 세트를 가져가셨지. 아, 이제 보니 그때 그 손님 아니세요?"

시간이 꽤 흘렀지만, 그 당시 무척 놀란 직원은 재식의 얼굴을 확실하게 기억하고 있었다.

"하하하, 제가 바로 그때 행운을 잡은 헌터입니다."

재식은 빙그레 웃으며 당시 자신이 이곳에서 얻은 행운으로 어떤 일들을 경험했는지 잠시 회상해 봤다.

그때 일을 떠올리면 입가에 절로 미소가 그려졌다.

"이곳에서 행운을 얻어간 덕분에 그날 사냥도 대박 났었습니다."

"맞네. 그때 헌터님이 회식하라고 돈을 주고 갔다고 들었습니다. 덕분에 잘 먹었습니다."

"아, 제가 그랬나요? 그때 하도 기분이 좋아서……."

곰곰이 생각해 보니 방어구를 반납하면서 20만 원 정도를 회식비로 쾌척한 기억이 남아 있었다.

잘 풀리던 날의 이야기를 계속 나누다 보니 기분이 좋아진 재식의 입가에서 웃음이 떠날 줄을 몰랐다.

"그때 이후로 계속해서 행운이 따라 참 많은 일이 있었네요."

"아, 그러고 보니 중급 헌터가 되셨나 봐요?"

관찰력이 좋은 편인지, 안경 쓴 직원이 테이블 위에 놓아둔 재식의 방어구를 보며 질문을 던졌다.

성신 길드 소속 헌터들의 방어구는 이쪽 업계에 종사한 견식 있는 사람이라면 바로 알아볼 수 있을 정도로 모양이 특이했다.

그도 그럴 것이, 성신 길드는 방어구 디자이너에게 특별히 주문해 제작한 커스텀 제품을 사용하기 때문이었다.

길드에 소속된 헌터 대부분이 유전자 변형 시술을 받은 헌터들인 만큼 변신한 뒤에도 활동에 지장이 가지 않으면서 방어력이 뛰어난 제품이 필요하니, 어쩔 수 없는 선택이었다.

그런 성신 길드 전용 방어구를 내놓았으니, 재식은 중급 이상의 헌터일 게 당연했다.

하지만 아쉽게도 물건을 보는 관찰력에 비해 사람의 눈치를 보는 능력은 많이 떨어지는 모양이었다.

"캬, 성신 길드가 야마타노 오로치를 레이드하는 영상을 벌써 열 번은 더 봤을 겁니다."

안경 쓴 직원은 먼저 재식과 대화하던 직원이 열심히 눈총을 주는데도 알아채지 못하고 입을 나불댔다.

"얼마 전까진 성신 길드에 소속돼 있었는데, 지금은 프리 헌터입니다."

재식이 말을 꺼내자, 안경 쓴 직원은 눈을 동그랗게 뜨더니, 마른침을 꿀꺽 삼켰다.

그제야 자신의 실수를 깨달은 모양이었다.

그러자 옆의 직원이 그를 밀쳐 버리며 재식과 대화를 이어나갔다.

"그럼 바로 수선을 맡기시겠습니까?"

"네. 수선만 하는 게 아니라 조금 보강도 하고 싶습니다. 가능하겠습니까?"

굳이 방어구를 보강할 필요까지는 없지만, 안 좋은 기억을 떠올리게 만드는 방어구의 형태를 변형시키고 싶었다.

"당연히 가능합니다."

"그럼 활동성은 그대로 유지하면서 방어력을 조금 높이고 싶습니다."

"알겠습니다. 그 정도 일은 어려운 것도 아닙니다. 예전에야 성신 길드의 방어구가 획기적이었지만, 요즘엔 더 좋은 물건들도 나오고 있으니, 걱정하실 필요 없습니다."

말을 마친 직원은 재식에게 잠시 양해를 구하고, 진열대에 놓인 방어구 중 몇 개를 집어 가져왔다.

그러더니 에이스 헌터 숍에서 자랑하는 방어구의 효능들에 대해 설명했다.

직원의 말을 차근차근 들어 본 재식은 자신의 방어구에 적용할 몇 가지 제안을 골라 의뢰를 넣었다.

기능이 추가되면서 애당초 짐작하던 수선 가격보다 돈을 더 지불하게 될 테지만, 그 정도는 예산 안에서 충분히 지불할 수 있을 정도였다.

"기간은 얼마나 필요할까요?"

"3일만 있으면 충분합니다."

직원이 자신만만하게 말을 꺼내자, 재식은 고개를 갸우뚱했다.

"너무 촉박하게 잡으신 거 아닙니까? 일상적인 업무까지 고려하면, 살인적인 스케줄일 텐데요."

"하하하, 걱정 마십시오. 3일 뒤에 찾아오시면 바로 내드리겠습니다."

*   *   *

에이스 헌터 숍에서 방어구와 카타르 업그레이드를 맡기고 다시 돌려받기까지는 정말 3일밖에 걸리지 않았다.

대장간을 가진 다른 대여점은 물론이고, 헌터의 물건을 제작해 주거나 수리하는 공방에 비해서도 작업 속도가 무척

빠른 편이었다.

과연 직원이 자신 있게 말을 꺼낼 만했다.

비록 디자인적으로 뛰어난 것은 아니지만, 재식은 방어구나 무기가 갖춰야 할 기본적인 사항은 아주 잘 녹아들었다고 판단했다.

결과물에 만족한 재식은 흡족한 미소를 지어 보이며 고개를 끄덕였다.

방어구는 단단하면서도 유연해 움직임에 방해받지 않으며, 다리의 근력을 보강해 주는 골격이 추가돼 10퍼센트 정도 더 빠르고 강한 각력을 가질 수 있게 됐다.

카타르는 그동안 재식이 너무 험하게 사용한 탓에 수리할 곳이 많았는지, 청구 비용이 만만치 않았다.

미처 염두에 두지 못한 비용이 추가로 지출됐지만, 그래봐야 몇 주만 사냥하면 충분히 마련할 수 있는 금액이었다.

게다가 새로운 카타르는 조금 더 커지고 날카로워졌으며, 더욱 단단해져 재식의 사냥 스타일에 안성맞춤이었다.

카타르로 몬스터를 공격하려면 다른 무기들보다 더 가까이 접근해야만 하는데, 대다수의 헌터들은 일반적으로 공격을 회피하거나 방어구의 방어력에 의존했다.

하지만 재식은 그런 방식보다는 주로 양손에 쥔 카타르로 공격을 쳐내고 반격하는 식으로 전투를 치렀다.

물론, 회피를 할 때도 많았다.

몬스터는 사람처럼 상대가 들고 있는 무기에 맞춰 대응하기 보다는 본능적으로 공격하기 때문에 사각에서 짓쳐들어오는 공격이나, 의외의 공격이라면 어쩔 수 없이 회피할 수밖에 없었다.

"감사합니다, 고객님. 다음에 또 방문해 주십시오."

재식은 결제를 마치고 장비를 찾은 뒤, 곧장 코볼트를 상대하기 위해 차를 몰았다.

관악산에 도착한 재식은 바로 코볼트를 찾아나섰다.

코볼트의 씨를 말려 버리겠다는 듯 재식은 관악산 지류를 뒤져 코볼트를 학살했다.

전기 덫을 활용해 한 번에 상대할 몬스터의 수를 줄이고 각개격파한다.

아주 간단하고 실용적인 전술이지만, 효과는 대단했다.

재식은 순식간에 한 무리의 코볼트를 죽인 뒤, 마정석과 부산물을 챙기다 문득 위험한 생각이 떠올랐다.

'이 정도면 오크도 가능하지 않을까?'

코볼트를 상대하는 것처럼 덫으로 숫자를 줄이고 일대일 상황을 만들 수만 있다면, 오크도 충분히 사냥할 수 있을 것만 같았다.

하지만 이는 꿈과 같은 이야기였다.

오크들이 서식하는 곳은 길드들이 장악하고 있었다.

아니, 정확하게는 헌터 협회에서 소수 인원의 파티에겐 사냥 허가를 내주지 않았다.

이는 헌터들에게 안전한 사냥을 권하려는 측면도 있지만, 과거에 소수 인원의 파티가 오크들을 감당하지 못하고 도망치는 바람에 민간인 피해가 발생한 적이 많기 때문이었다.

덕분에 몬스터 사냥에 있어서 아주 엄격한 규칙이 정해질 수밖에 없었다.

헌터 협회는 백 마리 이상의 몬스터를 사냥할 때는 스물네 명 이상의 공대가 아니라면 허가를 내주지 않았다.

스물네 명 미만의 공대나 파티로는 백 마리 이상의 몬스터를 감당하기 힘들다는 판단 때문이었다.

물론, 공대나 파티 인원 중에 상대할 몬스터보다 강한 헌터가 소속된다면 허가를 내주는 예외 사항도 존재했다.

아무리 오크 사냥이 가능해 보인다 하더라도, 재식은 홀로 몬스터를 사냥하는 프리랜서였다.

그렇다 보니 오크 사냥의 허가를 받을 수 없을 게 분명했다.

애초에 허가를 받을 수 있을 만큼 규모가 있는 파티나 공대에 들어가지 못해 혼자 사냥하는 재식이었다.

'오크는 건너뛰고, 바로 트롤을 잡을까?'

웃기게도 혼자서 오크를 잡는 건 허가가 나오지 않지만, 오크보다 위험 등급이 높은 트롤은 혼자서 사냥하겠다며 신청해도 허가를 내려줬다.

그건 오크가 집단을 이루는 군집형 몬스터이고, 트롤은 기본적으로 단독 생활을 하기 때문에 나타나는 차이였다.

오크는 아무리 적어도 백 단위로 모여 부족을 이루고, 트롤은 아무리 많아봐야 한 가족인 네 마리가 전부였다.

'트롤을 혼자 사냥할 수 있다면, 돈 걱정할 필요도 없을 텐데…….'

트롤은 버릴 것이 없는 몬스터였다.

피는 포션의 원료가 되고, 이빨과 손발톱은 무기나 장신구를 만드는 데 좋은 재료라 비싼 값에 팔린다.

그리고 뼈와 살 또한 헌터들의 도핑 약물을 만드는 원료로 사용된다.

일반적으로 여섯 명 규모의 파티가 하루에 트롤 한 마리만 잡아도 수지가 맞을 정도였다.

하지만 재식은 혼자서 트롤을 사냥할 수 없다는 걸 잘 알았다.

오크까지는 어찌어찌 사냥이 가능하겠지만, 트롤은 재식

이 현재 사용하는 덫이 통하지 않을 테니 무리였다.

이는 성신 길드에 있을 당시 습득한 지식으로, 몬스터 학자들의 주장에 따르면 트롤은 이능에 대한 강한 저항력을 가지고 있기 때문에 각성 헌터들이 트롤을 상대하는 데 애를 먹는다는 것이었다.

실제로 트롤을 잡는 헌터들 중에는 이능계 각성 헌터보다 육체 강화형 헌터나, 유전자 변형 시술을 받은 헌터들이 월등히 많아 학자들의 주장을 뒷받침했다.

그러니 재식이 사용하는 전기 덫은 트롤에게 그저 조금 따끔하고 귀찮은 물건 정도에 지나지 않을 터였다.

트롤은 도저히 상대할 수가 없고, 오크는 사냥할 수 있어도 여건이 따라주지 않았다.

결국 재식에겐 코볼트 사냥이 딱 맞았다.

어차피 코볼트나 오크의 수익 차이는 의뢰의 유무에 달렸다.

의뢰가 없다는 가정이라면 지금처럼 코볼트를 잡는 게 최선이었다.

"마정석이 열다섯 개……. 이 정도면 오늘은 충분하네."

비록 최하급 마정석이지만 열다섯 개나 되었다.

그중 세 개는 하급까진 아니어도 그에 근접할 정도로 크니, 다른 것들보다 더 받을 수 있을 게 분명했다.

게다가 코볼트의 이빨과 손발톱에 대한 수요도 요즘 꾸준하기 때문에 충분한 수익이 되어 줄 터였다.

만약 코볼트를 퇴치하는 의뢰까지 있었다면, 정말 오크를 사냥하는 것과 큰 차이가 없을 터였다.

"으차! 오늘은 이만하고 가야지."

재식은 마지막 코볼트의 도축을 마치고 일어섰다.

그러고 나서 챙겨온 물병을 꺼내 한 모금 마신 후, 남은 물은 도축하느라 피범벅이 된 단검과 손을 씻는 데 사용했다.

사냥을 마친 재식이 출입구에서 나오자, 근무를 서고 있던 군인이 먼저 인사를 건넸다.

"벌써 나오십니까?"

아직 해가 떠 있건만, 일찌감치 던전 밖으로 나온 재식이 의아해 물은 것이다.

"다른 날보다 조금 더 수월하게 코볼트를 발견할 수 있어서 목표치를 빠르게 채워서 그냥 나왔습니다. 그나저나 김 일병은 어디 가고 박 상병님이 근무 중인가요?"

재식은 코볼트 사냥을 위해 관악산을 자주 들락날락거리다 보니 군인들의 얼굴과 이름을 외우게 됐다.

"네. 일병이 빠져 가지고, 선임에게 근무를 미루고 휴가 갔습니다."

"하하하, 그럼 오늘이야말로 뭔가 챙겨드려야 할 텐데,

오늘은 코볼트들이 농땡이를 피웠는지 사냥한 게 없더라고
요."

평소라면 코볼트들이 산짐승을 한두 마리 정도는 사냥
해 들고 다녔을 텐데, 오늘 만난 코볼트 순찰대들은 이제
막 사냥에 나선 차에 재식의 공격을 받았는지 빈손이었
다.

재식의 설명에 군인은 개의치 않는다는 듯 고개를 저었
다.

호의로 시작한 일을 권리로 여기는 사람들도 있는데, 다
행히 재식과 마주치는 군인들은 그렇게까지 몰염치하지는
않았다.

"아닙니다. 전에 가져다주신 산양 고기도 아직 부대에
많이 남아 있습니다. 노린내가 조금 나지만, 그게 또 특
별한 맛이지 않겠습니까? 정말 맛있게 잘 먹고 있습니
다."

산양은 보호 동물로 지정됐지만, 재식이 직접 잡은 게 아
니라 던전 내의 몬스터에게 잡힌 것이라 상관없었다.

"하하하, 그렇다면 다행이네요. 다음에도 종종 가져다 드
리도록 하겠습니다."

"감사합니다, 정재식 헌터님."

"그럼 수고하세요."

"네. 헌터님도 조심히 들어가십시오."

재식은 주차장에서 등에 지고 온 장비들을 자신의 차에 실은 뒤, 헌터 협회 남부 지부로 향했다.

중고로 구입한 픽업트럭을 모는 재식의 마음이 가벼웠다.

헌터 협회에 도착한 재식은 곧장 거래소로 향했다.

자신의 차례를 기다려 마정석과 부산물을 판매하고 나오던 중, 막 입구로 들어서던 이와 어깨를 부딪쳤다.

"아, 죄송합니다."

"어이쿠, 죄송합니다."

주의하지 못한 것에 사과한 재식은 상대방의 모습을 확인하고는 깜짝 놀랐다.

"어? 김재환 팀장님?"

"그래. 오랜만이네."

재식의 앞에 선 이는 바로 김재환이었다.

"성신 길드 들어갔다고 하던데, 왜 여기 있어?"

이따금 재식의 소식을 들었는지, 재환은 성신 길드에 대한 일부터 물었다.

"하하, 그게 말씀드리자면 좀 긴데… 일단 일부터 보셔야 하지 않겠어요?"

"아, 깜빡했네. 나 거래소 좀 갔다 올 테니까, 휴게실에서 기다리고 있어."

"알겠습니다. 그럼 조금 뒤에 봐요."

재환은 오랜만에 만난 재식을 보고 무슨 할 이야기라도 있는지, 그가 돌아가지 못하게 붙잡아뒀다.

재식 역시 이른 시간에 일찍 마감하고 돌아온 참이었고, 오랜만에 만난 재환과 대화하고 싶었기에 그의 말에 따라 휴게실로 향했다.

재환과 헤어져 휴게실로 가니, 그곳에는 또 다른 반가운 얼굴이 있었다.

"이게 누구야! 재식이 아냐?"

"주성 형님, 오랜만입니다."

재식은 오랜만에 본 주성을 보며 반갑게 인사를 건넸다.

"그래. 그… 오가다 소식은 들었어."

주성은 재식이 성신 길드에 들어갔다 퇴출당했다는 소식을 접했는지, 조금 난처한 표정을 지어 보였다.

그러자 재식은 쓸쓸한 고소를 머금었다.

"뭐, 실력이 되지 않으니 길드에 들어갔다가도 금방 나오게 됐네요."

재식의 뇌리에 성신 길드에서 겪은 일들이 주마등처럼 지나갔다.

그 울분은 쉽게 잊기 힘들었다.

하지만 그것도 잠시, 백강현과 성신 길드의 헌터들이 일본에서 위험 분류 7등급의 야마타노 오로치를 레이드하는 모습이 떠올랐다.

'음…….'

그 순간, 재식은 싸늘한 냉기가 등골을 타고 올라와 몸을 부르르 떨었다.

성신 길드와 관련해 안 좋은 기억이 떠오를 때면, 꼭 끝에 가선 TV로 본 백강현의 막강한 모습이 떠올랐다.

모든 것을 굽어보던 야마타노 오로치를 잠재운 백강현의 무위는 누가 몬스터고 누가 헌터인지 분간이 가지 않을 정도였다.

"무슨 생각을 그리 골똘히 해?"

"아, 별거 아닙니다. 잠시 다른 일이 떠올라서……."

"그래? 그런데 요즘 뭐 하고 사냐?"

"혼자 사냥하고 있습니다."

"왜? 혹시 자리를 못 구해서? 음… 성신 길드에 들어간 거면 너도 이젠 중급 헌터일 텐데, 우리 공대 들어오는 건 어때?"

"공대를 만드셨어요?"

"응. 지하철 던전이 폐쇄되니까 할 일이 없더라고. 그러던 차에 재환이 유전자 변형 시술을 받고 중급 헌터가 됐고, 전부터 알던 사람들을 모집해서 공대를 꾸린다기에 나도 한 발 걸쳤어."

"그럼 현재 인원은 얼마나 되는 건가요?"

"열두 명이야."

열두 명이라면 대규모 공대는 아니었다.

하지만 재환의 성격상 다른 이들과 반목하는 이들을 모으지는 않았을 터였다.

재식은 혹하는 마음에 다른 질문을 던져 봤다.

"분위기는 어때요?"

"뭐, 나도 그렇지만, 공대원들 전부 유전자 변형 시술을 받거나 각성한 건 아니라 중급과 일반 헌터가 섞인 좀 어중간한 공대야. 그래도 그럭저럭 잡음 없이 잘 굴러가고 있어."

"그렇군요."

"그래서 이쯤에서 규모를 좀 더 키우는 걸 고려하고 있는데, 네가 마침 딱 눈앞에 등장한 거지."

주성은 재식과 몇 번 사냥을 나섰기에 재식의 인성이나 태도는 걱정할 필요가 없다는 판단으로 영입을 제안한 것이었다.

재식은 주성의 제안이 고마웠지만, 자신의 사정상 제안을 받아들이면 안 된다고 생각했다.

괜히 자신 때문에 이들이 피해를 입을 수도 있다는 걸 염두에 둬야만 했다.

현재로서는 혼자 사냥하는 게 다른 사람들에게 민폐를 끼치지 않고, 성신 길드의 괜한 오해도 사지 않을 수 있는 유일한 길이었다.

7. 미발견 게이트

헌터 협회 휴게실에서 반갑게 재회한 재식과 재환, 그리고 주성은 자리를 옮겨 인근 술집으로 향했다.

오랜만에 만난 것도 있고, 재식이 현재 프리랜서라는 것을 알게 된 재환의 권유로 만들어진 자리였다.

사실 재식은 재환이 무엇 때문에 자신과 자리를 마련한 것인지 깨닫고 이를 피하려 했다.

이미 주성에게서 자신들의 공대에 들어오란 제의를 받아 거절을 한 참이니, 굳이 한 번 더 말을 꺼내고 싶지는 않았다.

하지만 공대장인 재환이 직접 말이나 들어보라며 간곡하

게 요구하는 통에 어쩔 수 없이 이곳까지 끌려오게 됐다.

더구나 재환은 재식에게 있어 좋은 기억만 남은 반가운 사람이었으니, 계속해서 거절할 수만도 없었다.

그래서 어쩔 수 없이 아버지에게 전화를 드려, 오늘은 아는 사람을 만나는 바람에 조금 늦을 것 같다고 양해를 구했다.

아버지의 부상이 다 낫고 난 뒤부터 재식의 가족은 언제나 저녁만큼은 함께 먹었고, 오늘처럼 피치 못할 사정이 생기면 미리 양해를 구했다.

아버지는 조금 섭섭한 티를 내셨지만, 어쩔 도리가 없었다.

"일단 한 잔 받아."

주성은 맞은편에 앉은 재식에게 술을 한 잔 따라 주었다.

각자의 잔에 술이 차오르자, 세 사람은 잔을 부딪친 뒤 술을 입에 털어 넣었다.

그러길 수차례.

어느 정도 대화가 무르익은 시점에 재환이 입을 열었다.

"네가 그렇게 극구 거부하니, 우리도 더 이상 공대에 들어오라는 권유는 그만할게."

괜히 억지로 공대 가입을 거듭 권해봐야 관계만 나빠질 뿐이었다.

재환은 그보단 원만한 관계를 유지하면서 인연의 끈을 이어두는 편이 낫다는 판단을 내렸다.

재환은 깔끔하게 물러서는 대신, 다른 질문을 던졌다.

"그런데 요즘 뭐하고 지내? 아까 보니까 몬스터 사냥은 계속하는 걸로 보이던데."

아까는 몰라서 실수했지만, 이제 재환도 재식이 성신 길드에서 나왔다는 건 알게 됐다.

그래서 말을 꺼내는 어조가 꽤 조심스러웠다.

"혹시 다른 길드에 들어갈 생각이야?"

재환은 헌터 협회에서 재식과 부딪친 장소가 거래소 앞이라는 걸 떠올리고, 재식이 길드에서 나온 후 그냥 쉬지만은 않았음을 짐작할 수 있었다.

재식은 성신 길드에서 기본 훈련을 마친 뒤에 나왔다고 설명했으니, 레벨 30 이상의 중급 헌터임에는 틀림없었다.

중급 헌터라면 어느 길드로 가더라도 환영받을 수 있을 터였다.

"아니요. 그냥 혼자 돌아다니는 중입니다."

"뭐? 혼자?"

이야기를 듣던 재환이 깜짝 놀라 소리를 내질렀다.

이제 겨우 중급에 이른 헌터가 혼자서 몬스터 헌팅을 한다는 말을 믿을 수가 없기 때문이었다.

"네. 혼자서도 되더라고요."

"아니, 재식아. 몬스터 헌팅이 장난이야? 설마 컴퓨터

게임이라고 생각하는 건 아니지?"

현실이 아니라 게임이라면 목숨을 잃는 걸 개의치 않을 수 있겠지만, 헌터들의 몬스터 사냥은 어디까지나 냉정한 현실에 바탕으로 하고 있었다.

아무리 약한 몬스터라도 집단을 이루면 어떤 변수가 발생할지 알 수 없었다.

중급 헌터라면 이 근방에서는 그리 위험하지 않을 수 있다지만, 그것도 어디까지나 파티를 이루고 있을 때를 가정한 것이었다.

혼자서 사냥하다가는 언제 어느 때 어떤 돌발 상황으로 죽을지 알 수 없는 게 헌터들의 몬스터 사냥이었다.

더구나 헌터들의 목숨을 노리는 건 몬스터뿐만이 아니었다.

적이 몬스터라면 오히려 걱정할 필요가 없었다.

본인이 잡을 수 있으면 사냥하고, 그렇지 않다면 도망치면 된다.

헌터들에게 가장 위험한 존재는 바로 같은 헌터들이었다.

자신의 파티원이 아니면, 혹은 같은 파티의 동료라도 교류한 시간이 적거나 임시로 만들어진 공대라면 기본적으로 조심할 필요가 있었다.

실제로 몬스터 사냥이 끝나고 나서 수익 배분을 두고 다투는 모습은 허다하고, 수익을 독차지하기 위해 사냥 도중고의로 공대를 위험에 빠뜨리는 경우도 있었다.

이익을 위해서라면 언제 어떻게 뒤통수칠지 모르는 게 인간의 욕심이기 때문이었다.

하물며 혼자 다닌다면 다른 악질적인 파티에게 표적이 될 위험이 더 높았다.

주성과 재환은 재식이 스스로 위험을 자처한다는 사실을 알고 놀랄 수밖에 없었다.

"재식아, 우리 공대가 마음에 들지 않으면 내가 적당한 파티 알아봐 줄 수도 있어."

주성은 걱정스러운 마음에 조심스럽게 말을 꺼냈다.

"아니에요. 정말 괜찮습니다. 사실 제가 실력이 부족해서 성신 길드에서 나올 수밖에 없었고, 다른 사람들에게 떳떳하지 못해서 파티나 공대를 피하는 거예요."

"실력? 일반 헌터일 때도 잘하던 녀석이 갑자기 실력 타령을 하는 거야?"

"네. 제가 유전자 변형 시술을 받은 다음 제대로 적응하지 못해서 몸이 조금 튼튼해진 걸 제외하면 그다지 강해지지 않았습니다."

"흐음… 그래?"

재식의 이야기를 들은 재환은 고개를 갸웃거렸다.

비록 유전자 변형 시술의 부작용 사례가 아주 없는 것은 아니지만, 기술이 발전하며 요즘 들어 그런 사고는 드물었다.

특히나 성신 길드는 모기업인 성신 제약에서 생산하는 유전자 앰플만 사용하는 걸로 알려져 있고, 성신 제약의 앰플은 외국의 유수 제약 회사에서 생산하는 앰플 못지않은 안정성을 자랑하는 것으로 유명하다.

그러다 보니, 재환은 재식의 말을 곧이곧대로 받아들이기 어려웠다.

"제가 좀 특별한 앰플을 시술받았거든요. 그런데 앰플의 힘을 100퍼센트 끌어다 쓰면 한 시간 넘게 활동할 수가 없어요."

말을 하다 보니 또 속이 쓰린 듯 재식은 앞에 놓인 소주잔을 집어 들었다.

"그런 부작용도 있어?"

지금까지 알려진 유전자 변형 시술의 부작용 사례와는 전혀 다른 현상을 두고, 주성이 믿기 힘들다는 듯 질문을 던졌다.

"회복은?"

"그냥 쉬면 서너 시간 후에는 절반 정도가 회복되고, 포션처럼 체력 회복에 도움이 되는 약물을 복용하면 좀 더 시간이 단축되지만, 효율이 많이 떨어져요."

재식의 설명을 들은 재환은 더 이상 어떤 말도 하지 않았다.

그저 재식을 안타까운 눈으로 쳐다만 볼 뿐이었다.

그도 그럴 것이, 일반 헌터일 때부터 싹수가 보이던 재식이었다.

인성도 좋고, 절대로 몬스터를 앞에 두고 뒤로 물러서는 법도 없었다.

물론, 능력도 없이 무턱대고 만용을 부린다는 말이 아니었다.

본인의 능력을 객관적으로 살피고, 몬스터와 자신의 능력을 비교 분석하며 나아갈 때와 물러설 때를 정확하고 재빠르게 판단한다는 의미였다.

그래서 재환은 장차 자신의 공대에 끌어들일 멤버로 재식을 눈여겨보고 있었다.

하지만 자신이 정규 공대를 만들자 마음먹었을 때, 재식은 이미 국내 헌터 길드 랭킹 30위의 대형 길드인 성신에 가입한 뒤였다.

무척 아쉬웠지만, 한편으론 재식이 잘되길 바라며 그의 앞날이 순탄하길 빌었다.

그런데 고작 반년 뒤 만난 재식은 재환이 생각하던 것과는 전혀 다른 모습이었다.

성신 길드에서 잘 자리 잡고 있을 것이라 생각했는데, 어쩐 일인지 헌터 길드 남부 지부에서 마주쳤다.

그래서 만약 성신 길드에서 탈퇴했다면 재식을 자신의 공대에 끌어들이려고 일단 붙잡았다.

하지만 저간의 사정을 들어보니, 다 그럴 만한 이유가 있었다.

뭔가 숨기는 게 있는 것처럼 보였지만, 지금 들은 얘기만으로도 공대에 가입할 수 없다는 말을 충분히 이해할 수 있었다.

자신의 결점을 알면서도 이를 숨기고 공대에 들어가는 것은 본인뿐만 아니라 다른 헌터들을 위험에 빠뜨리는 행위였다.

다른 이들이었다면, 자신의 약점을 숨기기 위해 안간힘을 썼을 텐데, 재식은 달랐다.

재환은 자신에게 불리한 이야기를 서슴없이 꺼내는 재식을 바라보며, 자신의 눈이 틀리지 않았음을 새삼 깨달았다.

"많이 힘들었겠네. 앞으로도 그러겠지만……."

재환은 재능이 뛰어난 재식이 부작용 때문에 날개를 제대로 펴 보기도 전에 꺾이고 말았다는 게 너무나 안타까웠다.

재환과 주성은 재식의 일이 마치 자신의 일인 양 여기며 어깨를 축 늘어뜨렸다.

"에이, 그렇지도 않아요. 비록 다른 헌터들처럼 막강한 몬스터를 잡지 못해서 자랑거리는 없지만, 조금만 욕심을 버리니까 저도 충분히 돈벌이를 할 수 있더라고요."

재식은 자신을 안쓰러운 눈으로 바라보는 두 사람에게 빙

긋 미소를 지어 보였다.

"그래? 어느 정도인데?"

"다른 중급 헌터의 평균 수입보단 못하지만, 저도 한 달에 2억 가까이 벌어요."

"2억? 그런 심각한 부작용이 있는데도 그렇게나 많이 벌어?"

주성은 재식의 말에 깜짝 놀라며 눈을 동그랗게 떴다.

한 달을 30일로 잡으면 하루 평균 700만 원을 벌어야 한 달에 2억을 벌 수 있었다.

그 정도라면 재환이 꾸린 공대의 평균보다 살짝 상회하는 정도였다.

두 사람은 재식을 걱정할 필요가 없다는 걸 깨달았다.

"와, 요령도 좋다. 어떻게 혼자서 한 달에 2억을 벌 수가 있는 거야?"

"그러게 말이야. 비결이 뭐야?"

"뭐, 비결이라 할 건 없어요. 그냥 제게 맞는 몬스터를 찾았을 뿐이에요."

재식은 이미 공대를 꾸린 재환이나 주성이 자신의 비결을 듣는다고 해서 그대로 사용하지 않으리라 생각했다.

혼자 사냥하는 것과 공대의 레이드는 엄연히 다르기 때문이었다.

그렇기에 두 사람도 어려워하지 않고 재식에게 사냥 방법을 물어볼 수 있는 것이기도 했다.

"맞는 몬스터?"

"네. 처음엔 어떤 몬스터를 잡아야 할지 감이 안 잡히더라고요. 그래서 일단은 예전처럼 의뢰를 받아서 고블린을 사냥했어요. 그런데 제가 비록 부작용이 있다고 해도 일단은 중급 헌터란 말이죠."

"다른 하급 헌터들이 고깝게 봤겠는데?"

재환이 염려스러운 목소리로 말을 꺼냈다.

하루하루 살아가는 하급 헌터들이 자신의 생계수단 중 하나인 고블린 퇴치 의뢰에 숟가락을 얹으려는 중급 헌터를 좋게 볼 리가 없었다.

자신들이야 재식의 사정을 들어서 알지만, 그들은 그런 사정도 모를뿐더러 설령 안다고 해도 생계가 달린 문제라 가만히 있지는 않을 터였다.

"네. 며칠 지나니까 하급 헌터들 사이에서 그런 소문이 쫙 퍼지더라고요. 그때 그 말을 듣고 아차 싶더라니까요. 예전에 재환 형님이 해주신 말도 기억이 나고……."

재식은 당시 느꼈던 감정이 되살아나자 어깨를 부르르 떨었다.

보호해 줄 길드라도 있다면 모를까, 헌터 사회에서 평판이 나빠지는 것은 헌터로서 굉장한 위기가 될 수도 있었다.

밑바닥 헌터들 사이의 소문이라고 이를 무시하면 안 되는 게, 거의 대부분의 헌터는 일반 헌터로 업계에 발을 담근다.

그러니 일반 헌터 중 쟁쟁한 인맥을 가지고 있는 이가 있을지도 모를 일이었다.

게다가 중급 헌터 중에서 자신들의 명예 내지는 이름값을 떨어뜨렸다고 생각하는 헌터가 나오지 않으리란 보장도 없었다.

"그래서 어떻게 했는데?"

재환은 재식의 이야기에 눈을 반짝이며 어떻게 상황을 반전시켰는지 물었다.

사실 재환도 비슷한 소문을 듣기는 했지만, 그 소문의 주인이 재식인지는 이제야 알게 되었다.

"자신들의 밥그릇을 빼앗는다고 화를 내기에 다음 날부터 다른 몬스터를 찾아다닐 수밖에 없었어요. 일반 헌터들의 생계에 영향을 주지 않으면서도 제가 부담 없이 잡을 수 있는 몬스터로."

"음……."

재식의 이야기에 재환은 자신도 모르게 작게 신음을 흘렸다.

하급 헌터들이 사냥하지 않는 몬스터 중에 심각한 부작용을 안고 있는 재식이 잡을 수 있는 몬스터가 무엇일지 생각해 봤지만, 적당한 몬스터가 떠오르지는 않았다.

"그런데 운이 좋게도 코볼트를 찾아냈지 뭡니까."

"코볼트?"

"네. 고블린보다 강하지만 오크보단 약해서 고블린과 동급으로 취급되는 몬스터죠."

"아아, 맞아! 코볼트가 있었지?"

주성은 무릎을 탁, 치며 소리쳤다.

그러자 바로 재환이 말을 이어받으며 우려를 드러냈다.

"하지만 혼자 잡기가 쉽진 않았을 텐데……."

코볼트라면 재환도 잘 아는 몬스터였다.

예전에 파티를 짜서 잡으러 다니기도 했었는데, 그는 노력에 비해 수익이 좋지 못해 고블린 사냥 쪽으로 바로 돌아섰다.

"처음엔 저도 버거웠죠. 하지만 이것도 하다 보니까 요령이 붙더라고요. 그리고 코볼트가 고블린보다 확실히 좋은 점도 있어요."

"좋은 점이라면… 점심 메뉴 걱정할 필요 없는 거?"

"아, 그것도 있고요."

재식이 씩 웃더니 다시 말을 이었다.

"마정석이요. 코볼트가 고블린보다 강한 몬스터라 그런지, 마정석을 품고 있더라고요."

"그래봐야… 아니, 아니지. 네 운이면 또 모르겠네. 그것만으로 월 2억이면, 넌 확실히 천운을 타고난 게 확실해."

주성은 어처구니없다는 표정으로 재식을 보며 한마디 건넸다.

재수 있는 놈은 넘어져도 꿀단지 위로 넘어진다고, 남들은 그렇게 찾기 어렵다는 마정석을 척척 캐냈다는 말에 혀를 내두를 수밖에 없었다.

애초에 코볼트가 그렇게 돈이 되는 몬스터라면 다른 헌터들이 외면하지도 않았을 것이다.

아마 코볼트로 2억씩 버는 헌터는 재식 외엔 없으리라.

"그럼 앞으로도 계속해서 코볼트만 잡을 거야?"

재환은 재식이 상대할 수 있는 몬스터 중에 다른 헌터들이 욕심내지 않는 몬스터를 찾아낸 것은 다행스럽고 기특하다 여겼지만, 걱정이 되지 않을 수 없었다.

혹시라도 이런 이야기가 다른 헌터들에게 알려지게 된다면 분명 재식을 노리는 자들이 나타날 게 빤하기 때문이었다.

＊　　　　＊　　　　＊

며칠 전, 오랜만에 김재환과 김주성을 만나 이런저런 이야기를 나누며 기분 좋게 술을 마셨다.

재식은 누군가와 그렇게 허심탄회하게 술을 마셔본 것이 처음이라 기분이 몹시 좋았다.

그동안은 어려운 형편에 치여 그럴 만한 여유가 없었다.

안 그래도 벌이가 좋지 않은 형편에 아버지의 치료비가 겹치니 학창 시절 친구들과도 어울리지 못했고, 고등학교를 졸업을 하자마자 바로 군대에 지원했다.

대격변 이후, 몬스터로 인해 군의 필요성이 더욱 강조되자 20개월로 줄어든 군 복무 기간은 다시 2년으로 늘어났다.

그렇게 2년의 복무 기간을 채우고 제대한 재식은 바로 생활 전선에 뛰어들었다.

덕분에 재식의 인간관계는 언제나 제자리걸음을 할 뿐이었다.

배운 것 없는 고졸이 할 수 있는 일은 몇 가지 없었기에, 그중에 돈을 가장 많이 벌 수 있다는 헌터를 택했다.

위험한 일이지만, 다른 직업들이 안전한 것도 아니었기에 기왕 하는 일이라면 가장 돈이 되는 걸 고르자는 생각이었다.

그렇게 헌터 생활을 하며 지인이라 부를 만한 두 사람이 생겼고, 그들과 술자리를 가질 수 있어서 참 좋았다.

그게 바로 어제까지의 재식의 감정 상태였다.

하지만 눈앞에 새롭게 등장한 경쟁자들의 출현으로 재식은 인상을 찌푸릴 수밖에 없었다.

웅성웅성.

딱 봐도 중급은 아니고, 일반 헌터들의 무리로 보였다.

다섯 명 내외로 구성된 일반 헌터 파티들이 어떻게 알았는지 재식의 사냥터를 넘보고 있었다.

재식은 당장 재환과 주성의 얼굴이 떠올랐지만, 바로 고개를 저었다.

두 사람이 절대 그럴 리가 없기 때문이었다.

분명 이곳에서 재식이 많이 해 먹었으니 알음알음 소문이 퍼졌으리라.

다른 이들이 의심해볼 만한 구석은 많았다.

매번 열 개 내외의 마정석을 가지고 나타나는 헌터가 등장한다면 다른 이들은 군침을 흘리며 지켜볼 게 빤했다.

게다가 코볼트가 헌터들에게 외면당할 때는 고블린을 잡아도 간간이 최하급 마정석을 발견할 수 있었다.

그런데 지하철 던전의 고블린들에게 마정석을 발견할 수 없는 상황에서 의뢰비만으로 생계를 꾸리기 힘들어졌다면, 당연 다른 몬스터에게 시선을 돌릴 수밖에 없었으리라.

기껏 목숨 걸고 몬스터와 사투를 벌였는데, 수중에 남는 돈은 쥐꼬리만 하다면 누구라도 사냥터를 바꿀 생각을 떠올릴 것이다.

그게 아니라면, 협회 관계자가 입을 함부로 놀리다가 재식에 대한 정보를 흘렸을 수도 있었다.

또한 재식의 일거수일투족을 주의 깊게 관찰하던 할 일

없는 한량이 술을 마시다 말을 꺼냈을 지도 모를 일이었다.

사람들도 처음부터 믿지는 않았을 것이다.

그러니 재식이 지금까지 편하게 사냥터를 독식하다시피 할 수 있었을 터였다.

하지만 일단 소문을 들은 일반 헌터들로서는 귀가 솔깃할 수밖에 없었을 테고, 그들 중 일부가 반신반의하며 이곳을 찾았으리라.

재식은 그들과 얽혀봐야 좋을 게 없다는 판단에 일반 헌터들이 모두 내벽 안으로 들어가고 나서야 움직였다.

'제길, 이곳도 더 이상 편하게 사냥하긴 글렀네. 그럼 이제 어쩌지…….'

사냥터를 다시 옮겨야 하는 건지 심각하게 고민됐지만, 재식인 기왕 온 거 사냥을 포기하고 돌아가는 건 억울했다.

그래서 일반 헌터 파티를 피하기 위해 평소 다니던 편한 길은 포기하고, 코볼트 서식지의 외각을 빙 도는 험한 길을 택했다.

하지만 한 달 넘게 파악해 둔 지형이 아니라, 다른 곳을 탐사하다 보니 코볼트를 쉽게 찾을 수가 없었다.

게다가 오크 서식지의 경계선 근처까지 다다랐는지, 간간이 오크들까지 나타났다.

아직 오크를 사냥할 수 있다는 확신이 없기 때문에 재식은 다시 코볼트 서식지 쪽으로 발걸음을 돌렸다.

그러다 보니 시간은 시간대로 허비하고, 아직까지 코볼트 한 마리도 사냥하지 못했다.

"제길, 오늘은 마가 끼는 날인가 본데……."

오전 내내 던전을 돌아다녔는데, 발견한 것이라곤 그림의 떡인 오크뿐이었다.

"조금 위험하더라도 더 깊은 곳으로 들어가 봐야겠다."

코볼트 서식지 외각엔 다른 일반 헌터 파티들이 돌아다니고 있을 테니, 재식은 더 깊은 곳으로 들어가자 마음먹었다.

하지만 서식지의 중심부로 나아갈수록 코볼트가 출몰하는 빈도가 급격히 올라가 위험할 수 있었다.

최악의 경우, 사냥 도중에 동족의 피 냄새를 맡은 다수의 코볼트 무리가 전투에 합류할 수도 있었다.

'그래도 오늘 하루를 공칠 수는 없지.'

재식은 자신이 감당할 수 없는 수준으로 코볼트들이 몰려들면 당장 도망치겠다는 생각으로 서식지 깊은 곳으로 발걸음을 옮겼다.

그렇게 얼마나 걸었을까.

재식은 갑자기 주변 환경이 바뀌었다는 것을 깨닫고, 주변을 살피며 자신도 모르게 혼자 중얼거렸다.

"어? 여긴 어디야?"

그건 혼자 몬스터를 사냥하다 보니 생긴 버릇이었다.

"아직 2월이라 응달에는 눈이 녹지 않았는데……."

재식은 지금 계절과 전혀 어울리지 않는 수풀이 우거진 숲속에 덩그러니 서 있었다.

정상적인 지형이라면 우거진 수풀이 아니라 앙상한 나뭇가지들이 보이고, 바닥엔 아직 녹지 않은 눈이 있어야만 했다.

재식은 미처 몰랐지만, 이는 관악산 던전의 심층부의 모습이었다.

관악산의 면적은 19.22㎢로, 서울 관악구 신림동과 남현동, 그리고 금천구와 경기도 안양시 등에 걸쳐 있었다.

이 정도는 일반인도 몇 시간 걸리지 않아 종단할 수 있을 정도의 산에 불과했다.

하지만 대격변 이후 관악산에 게이트가 나타나고, 그 일부는 게이트 브레이크 후에도 사라지지 않고 관악산의 일부 지형을 특이하게 변모시켰다.

분명 관악산의 경계는 바뀌지 않았지만, 실제로 게이트 브레이크가 터진 곳에 가까워지면, 비정상적일 정도로 주변 환경이 순식간에 달라진다.

하지만 이를 모르는 대한민국 정부는 그저 몬스터가 민간인 주거지역을 침범하는 것을 막기 위해 관악산 경계에 거대한 벽을 세우고, 곳곳에 출입문을 만들어 간간이 헌터를 들여보내 몬스터를 토벌할 뿐이었다.

그래서 지금 재식이 겪는 이상 현상에 대해 파악하지 못하다가 뒤늦게 헌터들의 제보에 의해 알게 되면서 관악산이 던전으로 변했다는 걸 알아차렸다.

그러나 그 이후에 본격적인 탐사가 진행되지 않았고, 관악산 던전의 심층부는 헌터들에게도 미지의 지형이었다.

하지만 그렇다고 해서 위험한 몬스터가 튀어나온 적이 있는 것도 아니었고, 서식하는 몬스터 중 가장 위험한 건 오크뿐이었다.

그러다 보니 사람들은 관악산 던전을 오크 캠프만 피하면 그리 위험하지 않은 곳이라 인식했다.

즉, 오크 캠프나 코볼트 서식지를 제외한 다른 지역은 사실상 버려진 곳이라 할 수 있었다.

그렇기에 관악산 던전이 어떤 변화를 겪었는지 아무도 알 수 없었고, 그건 재식도 마찬가지였다.

재식은 자신이 알 수 없는 지역으로 들어왔다는 것을 깨닫고, 얼른 방금까지 걸어온 길을 되돌아가려 했다.

이곳에 이르기까지 보여준 침착한 모습과는 다른, 아주 신속한 움직임이었다.

끼익!

막 나무를 지나쳐 골짜기를 따라 능선을 따라 내려가려던 찰나, 날카로운 괴성과 함께 녹색의 물체가 재식을 덮쳤다.

"엇!"

다급한 비명과 함께, 재식은 순간적으로 왼팔에 장착한 암 가드를 앞으로 내세우며 자신을 덮치는 녹색 물체를 향해 뛰어들었다.

끼에엑!

재식은 순간적으로 어깨에 묵직한 무게감이 걸린 것을 느낄 수 있었다.

하지만 곧장 재식을 덮치던 녹색 물체가 튕겨져 날아가며 비명을 내질렀다.

무언가와 부딪치며 달리던 속도가 줄어들자, 재식은 발을 멈추고 양손에 카타르를 쥐었다.

그러고 나서 조심스럽게 멀리 날아간 녹색 물체의 뒤를 쫓았다.

가까이 다가가 확인하니, 그 물체의 정체는 바로 고블린이었다.

'관악산에 고블린이 등장했다고?'

지금까지 관악산 던전에서 고블린이 나타났다는 소식을 들은 적이 없었다.

그런데 계절에 맞지 않는 지형과 고블린이라니.

재식은 의문을 가지지 않을 수가 없었다.

키에엑!

고블린은 몸을 추스르며 일어나더니, 재식을 노려보며 분노를 터뜨렸다.

그러자 재식은 피식 웃음을 터뜨리며, 고블린에게 오른손에 쥔 카타르를 가슴까지 들어 올려 앞으로 내달리며 오른팔을 쭉 내밀었다.

이유야 어찌 됐든, 몬스터가 나타났으니 일단은 죽이고 볼 일이었다.

그런데 고블린이 뒤로 펄쩍 뛰며 물러서며 재식의 공격을 피했다.

다른 때라면 고블린의 가슴께를 정확하게 찔렀을 텐데, 이번 공격은 조금 얕았다.

평소대로라면 한 동작에 몬스터를 확실히 죽이기 위해 목을 찌르거나 베어 죽였을 텐데, 뭔가 이상했다.

하지만 그 일은 재식에게 행운으로 다가왔다.

갈비뼈를 뚫고 들어간 카타르의 날 끝에 뭔가 걸리는 게 있었다.

'뭐지? 설마……'

카타르의 첨단에 걸리는 딱딱한 물체의 느낌에 재석은 기대감이 부풀어 올랐다.

그도 그럴 것이, 지금 찌른 부위는 가슴이었다.

재식은 무의식중에도 치명상을 입히기 위해 급소를 놓치지 않고 공격하는 데 성공했다.

가슴을 찔린 고블린은 바로 죽지 않았지만, 뒤이어 가로로 휘둘러진 재식의 카타르에 목과 몸이 분리되며 절명하고 말았다.

재식은 일말의 망설임도 없이 고블린의 심장을 갈라, 조금 전 카타르 끝에 걸린 딱딱한 물체를 확인했다.

'오, 정말 있네?'

그것의 정체는 바로 마정석이었다.

지하철 던전에서 사냥할 때는 마정석이 나오지 않았는데, 이곳 관악산 던전에서 마정석을 품은 고블린을 보게 되자 깜짝 놀라고 말았다.

이제 더 이상 고블린은 마정석을 주지 않는다고 여겼기 때문이다.

재식은 고개를 갸우뚱하며 손안에 굴러다니는 마정석을 내려다봤다.

"관악산의 고블린은 마정석을 준다라… 뭔가 차이가 있는 건가?"

작게 중얼거린 재식은 서식지가 다른 두 고블린의 차이에 대해 생각해 봤다.

하지만 당장은 알 방법이 없었다.

게다가 이런 걸 알아내는 건 학자들의 몫이지, 헌터인 재식의 일은 아니었다.

재식에게 중요한 것은 따로 있었다.

여기에 마정석을 가진 고블린이 있다는 사실이다.

방금 잡은 고블린이 마정석을 가지고 있었으니, 이 주변에 서식하는 고블린들 또한 그럴 확률이 아주 높았다.

고블린이나 코볼트에게서 나오는 마정석은 모두 최하급으로 가장 저렴하지만, 하나에 백만 원이란 가격을 무시할수는 없었다.

비록 고블린에게 코볼트와 같을 정도로 마정석이 나오는걸 기대할 수는 없지만, 사냥하는 숫자로 커버하면 된다.

게다가 고블린은 협회의 의뢰도 있고, 무엇보다 고블린은잡기 쉬운 몬스터이니 귀찮게 덫을 활용할 필요도 없을 터였다.

고블린을 더 잡자는 판단을 내린 재식은 우선 자신이 서있는 자리에 표식을 남겼다.

혹시나 사냥하러 돌아다니다 길을 잃을 수도 있으니 대비해둘 필요가 있었다.

그러면서 왼팔에 차고 있는 헌터 브레슬릿에도 정보를 입력했다.

헌터 브레슬릿은 지도 서비스도 제공하고 있으니, 정 길을 찾지 못한다면 이를 이용할 수도 있었다.

그 후, 재식은 주변에서 들려오는 소리에 집중하며, 본격적인 탐사를 시작했다.

우선 할 일은 주변 지형을 파악하고 몬스터의 분포를 알아보는 것이었다.

그렇게 얼마나 돌아다녔을까.

보이라는 고블린은 보이지 않고, 그 대신 오래된 고목 밑동에서 자세히 살피지 않으면 발견하지 못할 정도로 교묘히 숨겨진 게이트를 발견했다.

"이런 곳에 게이트가 있다고?"

재식이 찾아낸 것은 미발견 게이트였다.

그런데 게이트 어느 곳에도 브레이크 시기를 알리는 카운트다운 표식을 찾아볼 수 없었다.

이미 게이트 브레이크가 벌어진 뒤로 보였다.

'예스!'

재식이 속으로 환호하며 주먹을 불끈 쥐었다.

'좀 더 가까이 가볼까?'

이미 브레이크가 끝난 게이트였기에 재식은 조심스럽게 주변을 경계하며 게이트에 접근했다.

그러더니 1미터쯤 떨어진 곳에서 주변을 다시 한 번 살폈다.

주변에 몬스터가 없다는 걸 확인한 재식은 헌터 브레슬릿을 조작해 왼팔을 차원 게이트 앞으로 뻗었다.

우웅—

헌터 브레슬릿에서 레이저처럼 붉은 빛이 차원 게이트의 검은 표면으로 쏘아졌다.

띠딕!

작은 기계음과 함께 재식의 헌터 브레슬릿 화면 위로 위험 분류 4등급이라는 표식이 떠올랐다.

등급은 게이트가 가진 에너지의 양으로 파악하는 것이기에 그 안에 어떤 몬스터가 존재하는 지 알 수는 없었다.

하지만 4등급이라면, 중급 헌터 파티가 충분히 처리 가능한 수준일 터였다.

"이거 돈 좀 되겠는데?"

미발견 게이트를 최초로 발견한 재식은 오늘 잡은 몬스터라곤 한 마리의 고블린이 전부지만, 헌터 협회에 신고만 해도 보상금으로 1억 원 넘게 받을 수 있을 거란 생각에 들떠 방긋 미소 지었다.

8. 헌터 협회의 의뢰

헌터 협회는 때 아닌 비상으로 한바탕 몸살을 겪었다.

그도 그럴 것이, 남부 지부가 관할하는 지역에서 미발견 게이트 신고가 들어왔기 때문이다.

계절에 맞지 않는 기후와 지형에 당황했다는 신고자의 설명에 따르면 필드 겹침 현상이 의심됐다.

다행인 것은 사람이 머무는 거주 구역이 아닌, 철벽으로 분리된 던전 안쪽이란 것이었다.

게다가 게이트 브레이크에도 새롭게 등장한 몬스터는 고작 고블린에 불과했고, 겨우 4등급 게이트라는 점도 놀란 가슴을 쓸어내리게 만들기 충분했다.

하지만 게이트를 그대로 방치할 수는 없기 때문에 헌터 협회는 비상 회의를 거쳐 관할 지부인 남부 지부가 자체적으로 해결하는 게 좋겠다는 결론을 내렸다.

4등급 게이트이니 모든 처리를 남부 지부에서 도맡아 하라는 것이었다.

미발견 게이트 신고자에 대한 포상과 게이트 처리 문제를 떠맡게 되면서 발등에 불이 떨어진 이해룡 남부 지부장은 비상령을 발동했다.

비록 위험 분류 4등급이라고는 하지만, 그렇다고 경시할 수는 없다는 게 그의 판단이었다.

이해룡 지부장은 어쩌면 헌터 협회에 막대한 이득을 가져다 줄 노다지일 수도 있기에 신중하게 일을 처리하자 마음먹었다.

그도 그럴 것이, 주변 환경까지 변화시킬 정도의 게이트 브레이크가 일어났는데도 위험 등급은 겨우 4등급이니, 어쩌면 던전화가 진행되었을 수도 있기 때문이었다.

아니, 게이트가 남아 있으니 애초에 던전화 게이트일 확률이 아주 높았다.

거기에 필드 겹침 현상이 보였다면 고정형 던전일 가능성이 높고, 이를 잘만 개발하면 엄청난 성과를 얻어 중앙으로 진출할 수 있는 고과를 받을 수도 있을 것이다.

이해룡의 눈이 벌게질 수밖에 없었다.

"이번 미발견 게이트 신고자는 어떻게 하겠다던가?"

"정재식 헌터는 미발견 게이트에 대한 권리를 협회에 판매하기로 했습니다."

"그래? 신고자가 중급 헌터라고 들었는데, 의외로군."

이해룡이 고개를 갸웃거리며 중얼거렸다.

4등급 게이트라면 중급 헌터 파티로 충분히 탐사 내지는 클리어가 가능하다.

물론, 어떤 몬스터가 그곳에 서식하느냐에 따라 결과는 달라질 것이다.

하지만 보통 헌터라면 자신의 역량을 과신하기 마련이고, 자신과 비슷한 등급의 게이트라면 일단 일을 저지르고 보는 게 일반적이었다.

그런데 이번 미발견 게이트 신고자는 중급 헌터로서 충분히 욕심을 내볼 만한 게이트를 발견했으면서도 그걸 포기하고 안전한 수익 쪽을 선택했다.

"미발견 게이트 신고자는 기본 포상금인 3억 원과 던전 내부가 개발됐을 때 발생할 수익금의 1%를 보상으로 지급받는 선에서 합의했습니다."

"뭐, 우리 입장에서야 환영할 만한 얘기인데, 도대체 뭐하는 놈이기에 그런 멍청한 선택을 한 거야?"

"그의 약력을 보시면 그런 선택을 할 수밖에 없었다는 걸 이해하실 겁니다."

"그래? 뭔가 특이 사항이라도 있나?"

"네. 유전자 변형 시술로 부작용을 겪은 자입니다."

"아!"

이해룡은 신고자가 무엇 때문에 그런 선택을 했는지 단번에 깨달을 수 있었다.

유전자 변형 시술 부작용자라면 어차피 그럴싸한 길드나 공대의 일원이 되는 것은 힘들 거고, 제대로 믿지도 못할 사람들을 임시 파티로 모아서 도전하느니 안전한 방법을 택하는 게 낫다.

"그거참 안타까운 일이군."

안타깝단 말을 하면서도 이해룡의 얼굴엔 표정 변화가 전혀 없었다.

누가 봐도 그건 겉치레에 지나지 않았다.

하지만 회의실 안의 어느 누구도 그런 이해룡의 말에 별 대꾸를 하지 않았다.

"그건 그렇다 치고, 그럼 이 일을 어떻게 처리하는 것이 좋겠나?"

신고자가 포상금과 수익금을 먹고 떨어지기로 결정했다면 원하는 대로 해주면 될 일이고, 자신들은 그 미발견 게이트를 어떻게 처리할 것인가를 이제부터 논의할 차례였다.

"협회 직속 처리반에 맡기는 것은 어떻겠습니까?"

의견을 낸 사람은 협회 소속 헌터 부대의 간부였다.

비록 위험 등급이 높지는 않지만, 충분히 돈이 될 것 같다는 예감에 먼저 나서서 의견을 제시한 것이었다.

"그것도 좋기는 한데 말이야……."

이해룡은 솔직히 그 간부의 손을 들어주고 싶었다.

하지만 협회 직속 헌터 부대는 몬스터에 빼앗긴 지역의 수복과 던전화된 지역의 안정, 그리고 혹시 발생할지 모르는 돌발 게이트 출현 시 그것을 막기 위해 존재하는 것이다.

그런데 수익성은 있어도 별로 위험해 보이지 않는 던전화 게이트를 처리한다고 하면, 헌터 협회를 어떻게든 약화시키려는 곳이나 헌터 길드에서 이 문제를 걸고넘어질 것이 분명했다.

그 때문에 이해룡도 쉽게 결정을 내리지 못하고 있었다.

"헌터 길드에 의뢰를 하는 건……."

"굳이 이런 일을 헌터 길드에 넘겨야 한다는 겁니까?"

한 간부가 일반적인 던전화 게이트 처리 방법에 대해 말을 꺼내기 무섭게 곧장 반대 의견이 나왔다.

헌터 협회와 헌터 길드.

겉으로 보기에는 서로 협력하는 집단처럼 보이지만, 사실은 그렇지 않았다.

깊게 들어가면 헌터 협회는 국가에서 헌터들을 통제하기 위해 설립한 기관이고, 헌터 길드는 민간 기업에서 이익을 내기 위해 자발적으로 헌터들을 모집해 만든 집단이다.

처음부터 설립 취지가 다르다 보니 헌터 협회와 헌터 길드 간에는 넘을 수 없는 골이 있었다.

두 집단 간 구도를 보면, 일단 헌터 협회가 국가 기관이다 보니 우세하지만, 그렇다고 무조건적인 우위를 점하는 것은 아니었다.

특히 고위험 등급, 즉 6등급 이상의 몬스터나 게이트가 발견되면 입장이 바뀐다.

사실 헌터 협회에는 이런 고위험 등급을 처리할 수 있는 헌터가 없었다.

그 정도 몬스터를 처리할 수 있는 헌터라면 애초부터 높은 연봉을 주는 길드에 소속되어 있거나, 협회에 몸담았더라도 스카우트 제의를 받고 나면 더 이상 헌터 협회에 남아 있으려 하지 않았기 때문이다.

아무리 뛰어나다고 해도 협회 소속 헌터는 정해진 봉급과 수당이 책정돼 있기에 능력에 비해 많은 돈을 받지 못하는 경우가 많았다.

그에 비해 길드나 공대의 소속이 된 헌터는 성과에 따라 보상을 받기에 같은 등급이라면 헌터 협회 소속보다 더 많은 수익을 올릴 수 있었다.

물론, 헌터 협회 소속이라고 해서 메리트가 없는 것은 아니었다.

협회 소속 헌터는 몬스터를 잡기 위해 필요한 무기나 방어구 등을 협회에서 지급받는다.

즉, 자비로 장구류를 구입하지 않아도 된다는 것이다.

그리고 협회 소속 헌터들이 전투 중 부상을 입거나 전투 불능 판정을 받게 되면 협회에서 모든 것을 책임졌다.

헌터의 가족들에 대한 의료 복지는 물론이고, 은퇴 후 협회 직원으로 일할 수도 있었다.

그러니 헌터들 중에는 돈을 보고 헌터 길드나 유명 공대에 들어가길 원하는 이들이 많은 반면, 또 한편으로는 헌터 협회에 소속되기를 원하는 이들도 있었다.

물론, 비율은 협회보다는 길드나 공대로 빠지는 것이 1:9 정도로 차이가 나지만, 헌터 협회도 어느 정도는 안정적으로 헌터를 수급하는 상황이었다.

"이 정도는 우리 협회에서 처리해도 헌터 길드에서 뭐라 할 것 같지는 않습니다."

"맞습니다. 어차피 4등급 게이트 정도는 수익성이 떨어진다고 의뢰를 받으려 하지도 않을 겁니다."

사실이 그러했다.

헌터 길드는 국민의 안전을 위해 헌신한다고 표방하고 있지만, 알고 보면 돈이 되는 위험한 등급의 몬스터나 게이트만 처리하려고 했다.

고위험 등급의 게이트라면 헌터를 동원해서 발생하는 비

용을 제하더라도 헌터 길드에 충분한 수익이 떨어진다.

그런데 5등급 미만에서는 그러한 수익이 발생하지 않는다.

그러다 보니 5등급 미만은 헌터를 운용해도 오히려 손해니, 그 이상이 나왔을 때만 움직이려는 것이었다.

몬스터를 잡아도 동원한 헌터에게 수익을 분배하다 보면 마진은커녕 오히려 부대비용이 더 들어간다.

이런 이유로 헌터 길드에선 낮은 등급은 거들떠보지도 않고, 헌터 협회 소속의 헌터나 협회의 의뢰를 받은 프리랜서 헌터들이 처리하곤 했다.

"우리가 직접 처리하면 가장 좋겠지만, 그림이 좋지 않으니 일단 헌터들에게 의뢰하는 것이 어떻겠습니까?"

이야기를 듣고 있던 반도강이 조심스럽게 이야기를 꺼냈다.

비록 지부장과 사이가 좋지 않다고는 해도 이런 공통된 안건에 굳이 반대를 위한 반대를 하지는 않았다.

"그래, 그게 좋겠습니다. 게이트 처리로 외부의 눈치를 보지 않아도 되고, 수익을 포기하지 않아도 되니 말입니다."

헌터 협회가 국가 기관이라고는 하지만 국가의 지원금으로만 운영이 되지는 않았다.

헌터 협회가 돌아가기 위해선 막대한 자금이 필요한데,

국가에서 나오는 지원금만으로는 협회를 운영하기에 턱없이 부족했다.

그러다 보니 헌터 협회에서는 다양한 수익 모델을 필요로 했고, 운영 자금을 해결하기 위해 여러 사업을 벌였다.

그중 대표적인 것이 바로 헌터 용품 대여 사업이었다.

물론, 이 사업을 직접적으로 하는 것은 아니고, 민간 업자에게 운영권을 넘겨 일정 수익금을 받는 형태다.

그리고 또 하나는 바로 마정석 판매다.

협회에서는 헌터들이 사냥한 몬스터의 마정석을 독점해서 사들였다.

이는 헌터 길드라 하더라도 예외의 대상이 아니었다.

협회는 사들인 마정석을 원자재로 다양한 루트로 판매했다.

불합리한 면이 있기야 하지만 어쩔 수 없는 일이었다.

끊임없이 불만의 목소리가 터져 나와도 헌터 협회와 정부에서는 사적인 마정석 판매를 엄격하게 통제하며, 마정석 판매권을 꽉 쥔 채 놓지 않고 있었다.

마정석 판매가 헌터 협회의 가장 큰 수입원이지만, 던전과 게이트 개발 역시 큰 비중을 차지하는 수익 모델이었다.

던전이나 게이트에서는 지구상에 없는 신소재가 더러 발견되는데, 이럴 때면 헌터 협회는 로또를 맞은 것처럼 엄청난 수익을 얻게 될 터였다.

그러다 보니 헌터 길드에서는 당연이 이의를 제기했다.

힘들고 위험한 일은 자신들이 다 하는데 돈은 헌터 협회에서 벌어가니 문제가 발생한 것이었다.

이 때문에 던전이나 게이트 개발은 헌터 협회에서 직접하는 것이 아니라, 토벌을 담당한 헌터 길드가 진행하고 세금 외에도 수익의 10%는 헌터 발전 기금으로 협회에 납입하는 것으로 협의를 보았다.

그 후로 헌터 협회는 이전에 비해 수익이 많이 줄어들게되었다.

게이트나 던전 개발로 벌어들이던 돈이 확 줄어들었기 때문이다.

다행이라면 4등급 이하 게이트는 헌터 길드에서 눈여겨보지 않는다는 것이다.

헌터 길드 입장에선 미래의 수익이 얼마나 날지 모르는데 당장 손해가 보이는 투자를 할 필요가 없었다.

게다가 5등급 이상의 게이트나 던전이라고 해도 모두 높은 수익을 내는 것도 아니었으니 과감한 투자는 지양했다.

"좋아. 그럼 협회 게시판에 의뢰 공고를 내고, 차후에 던전이 토벌되면 즉시 투입할 수 있게 탐사대 꾸려봐."

이해룡은 재식이 발견한 게이트를 이미 던전이라 가정하고, 던전이 토벌되면 개발할 수 있도록 준비까지 시켰다.

"알겠습니다."

"잘해 봐. 신고 내용을 살펴보면 어렵지 않은 토벌이 될 것이고, 고블린이 나왔다면 던전에서 희귀 광물이 발견될 확률이 높으니."

이해룡이 이렇게 헌터 협회 아니, 남부 지부의 독자 개발에 열을 내는 이유가 바로 여기에 있었다.

고블린들은 까마귀처럼 반짝이는 것을 모으는 습성이 있어서 놈들의 소굴에는 지구에서 귀금속으로 분류되는 금이나 은과 같은 금속들이 쌓여 있곤 했다.

게다가 가끔씩 지구에 없는 광물이 발견되어 지구의 산업 발전에 필요한 신소재로 쓰이는 경우도 있었다.

대격변과 함께 등장한 몬스터가 인류에게 큰 생존의 위기를 가져오기도 했지만, 한편으로는 이렇게 산업 발달에 이바지하는 면도 있었다.

$$* \qquad * \qquad *$$

재식은 휴게실에 앉아 자신의 헌터 브레슬릿을 내려다봤다.

[헌터 협회 입금 ₩ 300,000,000]

미발견 게이트 신고 포상금 3억 원이 헌터 협회로부터

입금됐다.

재식은 흐뭇한 기분에 저도 모르게 입가에 미소를 지었다.

아무리 봐도 질리지가 않았다.

툭!

그때, 누군가 다가와 그의 어깨를 두드렸다.

"누구?"

화들짝 놀란 재식은 얼른 헌터 브레슬릿에서 시선을 돌려 자신을 터치한 사람을 쳐다보았다.

"뭘 그리 보고 있는 거야?"

재식의 어깨를 두드린 사람은 며칠 전 보았던 주성이었다.

"아, 형님. 안녕하세요."

"그래, 너도 잘 지냈냐? 그런데 이번에도 한 건 했다며?"

"헐, 어떻게 아셨어요?"

자신이 말하지 않았음에도 불구하고 어떻게 알았는지, 미발견 게이트 신고를 언급하는 주성에게 재식이 되물었다.

"어떻게 알긴, 요새 게이트 하나 떴다고 소문이 쫙 퍼졌는데."

재식이 미발견 게이트를 신고하고 헌터 협회에서 그것을 조사하기까지는 며칠이 걸렸는데, 그사이 소문이 퍼져 나간 모양이었다.

주성도 그 소식을 듣지 못했을 리가 없었다.

그런데 이상한 것은 미발견 게이트 신고자의 신원에 대해선 외부에 알려진 것도 없는데, 그것이 재식이라는 걸 주성이 알고 있다는 점이었다.

"신고한 사람이 저란 건 어떻게 아셨어요?"

눈을 동그랗게 뜨고 자신을 바라보는 재식의 모습에 주성이 피식 웃으며 말했다.

"누가 떠본다고 이렇게 홀랑 다 말하면 어떻게 하냐? 표정 관리도 좀 해. 그렇게 히죽히죽 웃으면서 브레슬릿이나 보고 있으면, 내가 아니라도 궁금해할 사람 많을 거다."

주성이 미발견 게이트의 신고자가 재식이란 것을 알게 된 것은 바로 헌터 브레슬릿을 바라보던 모습 때문이었다.

주성은 자신이 가까이 다가온 것도 모르고 헌터 브레슬릿에만 정신이 팔린 모습에 도대체 재식이 무엇을 보고 있나 궁금해 화면을 슬쩍 보게 됐다.

그런데 헌터 협회에서 3억 원을 입금했다는 내용이 찍혀 있자 곧바로 소문과 매치가 되면서 신고자가 재식이라는 걸 알게 됐다.

"그런데 어쩌다가 그걸 발견한 거냐?"

주성은 재식이 미발견 게이트를 발견하게 된 경위가 궁금해 물었다.

그 질문에 재식은 뒤통수를 긁적이며 이야기를 들려주었다.

"별거 아니에요. 제가 코볼트를 사냥하던 게 알려졌는지 몇몇 헌터 파티가 제가 사냥하던 몬스터 필드로 찾아왔지 뭡니까."

여느 때와 같이 코볼트 사냥을 하기 위해 관악산 던전을 찾았다가 하급 헌터로 이루어진 파티 몇 그룹을 보게 된 일과 그들을 피해 움직이다 사냥감이 없어 좀 더 깊은 곳까지 들어간 일을 설명했다.

그리고 주변 환경이 변한 것에 의구심을 느끼고 뒤돌아나오다 고블린에게 습격을 받은 일까지 모두 상세히 들려주었다.

"이야, 넌 역시 행운의 사나이야."

주성은 재식의 이야기를 듣고는 감탄하며 크게 떠들었다.

"어떻게 그런 생각을 할 수가 있냐? 나 같으면 그냥 빠져나와서 다른 곳을 찾아 봤을 건데, 거기서 어떻게 주변을 더 살필 생각을 할 수 있는 건지……."

주성은 감탄과 함께 약간의 부러움 섞인 눈으로 재식을 쳐다보았다.

"하하하, 뭘 그런 걸 가지고 그러세요. 형님도 주변을 잘 살펴보세요. 아직 발견하지 못한 행운이 발밑에 굴러다니고 있을지도 모르잖아요."

별거 아니라 말하면서도 재식의 입가에는 미소가 걸렸다.

"그런 행운이 아무에게나 보이겠냐?"

주성은 재식의 말에 투덜거리듯 말을 꺼냈다.

"다 그런 거죠. 저도 얻어 걸린 것이 미발견 게이트라 다행이지, 재수 없이 게이트 브레이크에 휘말렸어 봐요."

재식은 이야기하다 보니 자신도 모르게 오래 전 아버지가 게이트 브레이크로 부상을 당하신 때가 생각나, 자신도 모르게 진저리를 쳤다.

그런 재식의 반응에 주성도 몸을 부르르 떨었다.

"으으… 상상만 해도 등골이 오싹하다."

요즈음에도 잊을 만하면 게이트 발생으로 인해 부상을 입거나 목숨을 잃는 안타까운 소식이 들려온다.

돌발 게이트가 발생해 주변을 지나던 행인이 변을 당했다든지, 미발견 게이트를 발견했는데 그 안에서 몬스터가 튀어 나와 공격을 받았다든지 하는 뉴스는 꾸준히 이어졌다.

그러니 주성도 재식처럼 비슷한 것을 떠올리며 진저리를 치는 것이다.

"참, 그런데 형님도 유전자 변형 시술을 받으신다고 하시지 않으셨어요?"

재식은 며칠 전 함께 술을 마시며 나눈 대화가 떠올라 질문을 던졌다.

"그렇지. 3일 뒤에 보라매에서 다른 공대원들과 함께 시술받기로 결정했어."

"그럼 또 한동안 보지 못하겠네요."

재식은 3일 뒤에 주성이 유전자 변형 시술을 받기로 했다는 말에 아쉬움을 느꼈다.

헌터가 되고 나서부터 그나마 친분을 가진 몇 안 되는 사람 중 하나가 김주성인데, 중급 헌터가 되기 위해 유전자 변형 시술을 받으러 간다는 말에 조금 서운해졌다.

사실 주성이 중급 헌터가 되는 것은 너무 늦었다고도 할 수 있었다.

처음엔 재식보다 주성의 레벨이 높았는데, 지금은 재식에게 레벨을 역전당했다.

이는 전적으로 재식이 유전자 변형 시술을 먼저 받았기 때문이다.

재식은 백장미의 권유로 성신 길드에 가입하면서 바로 유전자 변형 시술을 받았다.

그에 반해 주성은 재환이 공대를 꾸리기 위해 마음이 맞는 하급 헌터들을 구하러 다닐 때 함께 바쁘게 찾아다니다 보니 시일이 늦춰질 수밖에 없었다.

하지만 일단 공대를 꾸리는 첫 발걸음을 잘 뗐으니, 이제 순풍이 불 일만 남았다.

즉, 김주성이 정상적으로 유전자 변형 시술을 받게 되고 시술의 부작용만 없다면, 빠른 시간 내에 재식을 재역전할 수 있을 것이란 뜻이었다.

그 때문에 재환과 주성은 공대원들이 유전자 변형 시술을 받은 뒤 적응 기간이 끝나면 함께하자고 권유해 왔다.

그때, 재식은 성신 길드와 자신의 관계를 생각해 부작용 사례를 언급하며 고사했다.

그러자 두 사람은 안정성으로 유명한 성신 제약의 앰플을 생각하면 어지간히 운이 없는 게 아니고서야 말이 안 되는 일이기에, 재식에게 무슨 사정이 있음을 눈치챘다.

재식의 태도를 보아하니 뭔가 미운 털이 박힌 모양이었다.

그래서 일단은 없던 얘기가 됐지만, 사실 재환과 주성은 제안을 뒤로 미뤘을 뿐이지 재식을 포기한 건 아니었다.

성신 길드가 국내 랭킹 30위의 대형 길드이고, 또 길드장인 백강현이 국내에서 손꼽히는 최고의 헌터라고 하지만, 언제까지 밑바닥이나 마찬가지인 자신들에게 관심을 보이진 않을 것이란 생각 때문이었다.

주성은 자신의 공대가 가진 비전을 재식에게 은근히 내비쳤다.

"그렇겠지. 파티원도 어느 정도 모였고, 이번 기회에 함께 유전자 변형 시술을 받아 중급 헌터가 되면 이제 진짜 그럴듯한 공대가 되는 거야."

"와, 그거 잘됐네요. 축하드립니다."

무엇 때문에 3일 뒤 주성이 유전자 변형 시술을 받는지 알게 된 재식은 고개를 끄덕였다.

그동안 재환이 일반 헌터들을 모아 임시 공대를 꾸렸던 이유를 들은바 있기에, 이번 유전자 변형 시술도 이해가 됐다.

"그나저나 아깝지 않아?"

"뭐, 아까울 게 있나요. 제가 능력이 안 돼서 그러는 건데……."

말은 그리했지만 어떻게 아깝지 않겠는가.

위험 분류 4등급의 게이트라면 중급 헌터 파티가 충분히 클리어 가능한 수준이었다.

미발견 게이트의 경우, 클리어 우선순위는 발견자인 신고자에게 있었다.

신고자가 포기하면 그다음 순위가 헌터 협회로 넘어가는 것이었다.

그러면 헌터 협회가 등급에 따라 헌터 길드나 헌터들에게 의뢰하는 방식으로 게이트 클리어가 이루어진다.

재식이 정상적인 중급 헌터였다면, 개인적으로 파티나 공대를 꾸려 클리어에 도전을 했을 게 분명했다.

그렇게 클리어에 성공했다면 세금과 헌터 발전 기금을 제한 나머지는 재식과 함께 클리어한 헌터들의 몫으로 떨어질 테고, 최초 발견자인 재식에게 가장 많은 지분이 있으니 대박을 터뜨릴 수도 있는 상황이었다.

하지만 재식은 정상적인 중급 헌터보다 능력이 떨어졌다.

그리고 아는 인맥이라고는 지금 앞에 있는 주성 등을 포함해 몇 명 되지 않았다.

심지어 주성은 아직 중급 헌터도 아닌 일반 헌터였다.

그러니 아무리 재고해 봐도 재식에게 이번 미발견 게이트 클리어는 그림의 떡일 수밖에 없었다.

결국, 차선책으로 헌터 협회에 신고하고 포상금을 받는 게 최선이었다.

지금은 그저 신고한 게이트가 이계의 광산과 같은, 개발이 가능한 던전이길 바랄 뿐이었다.

던전 개발 수익금 1%를 받기로 했으니, 그곳에서 희귀 금속이라도 나오면 한몫 챙길 수 있기 때문이었다.

"재식아, 혹시 그거 봤어?"

뒤늦게 나타난 재환이 뜬금없이 물었다.

느닷없는 재환의 질문에 주성이 타박했다.

"아니, 머리랑 꼬리 떼고 말하면 듣는 우리가 어떻게 아냐?"

"아, 그렇지. 미안, 내가 맘이 급해서 말이야."

"뭘 보고 왔기에 그런 얼빠진 질문을 한 거냐?"

"조금 전에 협회 게시판에 공지가 하나 붙었는데 말이야……."

재환은 조금 전 사냥을 마치고 얻은 마정석과 몬스터 부산물을 처리하고 나오다 발견한 게시판에 붙은 공고에 대해 얘기했다.

이번에 발견된 게이트 탐사와 토벌에 대한 헌터 협회 남부 지부의 공개 의뢰였다.

"그게 사실이냐?"

"그렇다니까!"

"길드에 의뢰하지 않고 자체적으로 해결하려는 모양이네."

"그렇겠지. 이번에 들어온 미발견 게이트의 위험 분류가 4등급이라고 했으니, 아마도 길드에서는 거들떠보지도 않을 거고."

"하긴, 걔들이 돈이 안 될지도 모르는 4등급에 굳이 목맬 필요는 없지. 돈이 되는 5등급도 허다한데……."

재환과 주성은 이번 헌터 협회 남부 지부의 미발견 게이트 건에 대한 주제로 이야기꽃을 피웠다.

그러다 신고자가 재식이란 얘기까지 나오게 되었다.

"뭐? 이번 미발견 게이트를 신고한 사람이 재식이 너라고?"

조금 전, 주성과 했던 이야기를 다시 한 번 하게 생겼다.

"하하, 네. 제가 발견해 신고했습니다."

"허… 아깝지 않아?"

역시나 재환이 물어보는 것은 조금 전 주성이 한 질문의 재탕이었다.

"조금 전, 주성 형님에게도 이야기했지만, 제 능력이 안 돼서 그러는 건데 어쩌겠어요. 나중에 능력이 되었을 때 다시 이런 기회가 온다면 그때는 놓치지 않을 겁니다."

"기회는 기회인데 참……."

재환은 재식이 미발견 게이트를 그냥 헌터 협회에 일임한 것이 못내 아쉬운지 입맛을 다셨다.

하지만 그런 재환을 보면서도 재식은 속으로 그렇게 아쉽다는 생각은 들지 않았다.

아무리 미발견 게이트의 개발이 많은 돈을 벌 수 있을지도 모른다 해도 어차피 지금 상태에서는 불가능했다.

만약 능력이 됐어도 게이트를 개발할 생각을 떠올리지는 않았을 것이다.

성신 길드의 백강현이 아직도 자신을 주목하고 있을 텐데, 굳이 튀어서 그의 주목을 받을 필요는 없었다.

지금이야 자신이 아무리 발버둥 쳐도 위협이 되지 않을 것 같아서 놓아둔 것이지, 조금만 위협이 된다고 판단되면 어떤 일을 당할지 모를 상황이었다.

그러니 지금은 될 수 있으면 조용히 지내며 백강현과 성신 길드의 시선에서 벗어나는 게 제일 중요했다.

"당사자가 괜찮다고 하니 우리도 더 이상 그 이야기를 꺼내진 않겠지만, 나중에라도 이번 일과 같은 기회가 오면 우리 함께해 보자."

그들처럼 돈도 없고, 뒷배도 없는 헌터들에게 있어 이번 미발견 게이트는 엄청난 기회였다.

토벌과 탐사가 끝나고 별게 나오지 않더라도, 일단은 게이트를 클리어했다는 것만으로도 충분히 이득이 되기 때문이었다.

"네, 알겠습니다. 그런 기회가 또 제게 온다면 그때는 형님들과 하겠습니다."

"그래. 넌 행운의 사나이니, 분명 또 기회가 올 거야. 그땐 꼭 우리랑 함께하는 거다?"

"그래요."

"그리고 이번 게이트 건 말이야."

"네."

"협회에 넘겼다고 그냥 있지 말고, 지부에서 공개 의뢰를 내놨으니까 너도 한 번 생각해 봐."

"이미 제 손을 떠났는데 무슨……."

"그렇게 포기해 버릴 게 아니야. 아마 많은 헌터들이 이번 지부 의뢰에 뛰어들 거야. 혼자라서 힘은 들겠지만……."

재환이 어리둥절한 표정을 지어 보이는 재식에게 차근차근 설명했다.

"위험 분류가 4등급이고, 게이트 브레이크가 끝났는데 주변에 고블린 한 마리만 있었다며?"

"네, 고블린이 마정석을 품고 있어 놀라긴 했죠."

재식은 당시 필드 겹침 현상과 고블린이 코볼트만큼이나 강한 점, 그리고 마정석을 품고 있다는 것에 놀란 것을 떠올렸다.

"종합적으로 판단해 보면, 아마 그 게이트는 던전이 되었을 거야."

"던전이요?"

"그래. 게이트 브레이크 이후 디멘션 게이트가 보이는 반응이 몇 가지 있는데……."

재환은 재식에게 디멘션 게이트가 변화하는 몇 가지 사례를 설명해 주었다.

첫 번째는 디멘션 게이트가 폭발 즉, 브레이크가 되었을 때 게이트에서 몬스터들이 쏟아져 나온 후 게이트가 사라지는 것이었다.

이것이 가장 흔하게 볼 수 있는 게이트의 모습이었다.

두 번째는 재식이 성신 길드에서 실전 테스트로 방문한 관악산의 오크 캠프처럼 일정 시간이 되면 몬스터를 주기적으로 쏟아내는 게이트다.

세 번째 유형은 게이트 브레이크는 벌어졌지만, 몬스터를 쏟아내지 않고 자체적으로 던전이 되는 것이었다.

이런 현상은 주로 낮은 등급의 게이트에서 발견할 수 있었는데, 이때 주변 지형이 지구의 지형에 영향을 받지 않고 겹침 현상이 발생하는 특징을 보였다.

이 때문에 헌터 협회에서는 재식이 발견한 미발견 게이트를 던전형 게이트로 판정을 내린 것이었다.

네 번째 유형은 세 번째 유형과 비슷한데, 게이트 너머에 몬스터 서식지가 형성돼 있고 당장은 몬스터가 튀어나오지 않는 경우였다.

하지만 그럴 때 게이트 너머로 넘어가 토벌해 주지 않으면, 몬스터가 밖으로 쏟아져 나온다.

문제는 게이트 안에 있던 몬스터의 위험 등급이 게이트 안에 있을 때보다 한 등급 높아진 채로 나온다는 점이었다.

어떻게 보면 네 번째 유형은 세 번째 유형의 확장형이라 할 수도 있다.

이런 네 번째 유형은 거의 대부분 위험 분류 6등급 이상이었다.

디멘션 게이트가 발견되면 헌터 협회는 신중하게 측정을 하는데, 네 번째 유형의 게이트라 판정이 되면 초비상이 걸린다.

그도 그럴 것이, 이 네 번째 유형의 디멘션 게이트에서 쏟아지는 몬스터는 고위험 등급인데다 한 마리만 나오는 것도 아니라고, 여러 마리의 위험한 몬스터들이 쏟아지기 때문이었다.

마지막으로는 나타난 지 몇 시간 되지 않아 게이트 브레이크를 일으키는 돌발 게이트가 있는데, 이때는 측정된 등급의 몬스터 한 마리만 나오거나 그보다 낮은 등급의 몬스터 여러 마리가 게이트 밖으로 튀어나왔다.

다행히도 돌발 게이트에서는 그리 위험 등급이 높은 몬스터는 나타나지 않았다.

즉, 말 그대로 돌발적으로 몬스터가 쏟아져 나오기 때문에 위험한 것이지, 대처만 빠르게 한다면 큰 피해를 입지는 않았다.

게다가 돌발 게이트라도 최소 한 시간의 여유가 있으니, 대비할 시간은 충분했다.

대격변 초기에는 돌발 게이트에 의해 많은 피해를 입었지만, 최근에는 금방 협회에서 헌터들을 파견하거나 헌터 시행령에 의해 길드에서 헌터들이 긴급 동원되기 때문에 상황이 금방 종결되는 게 일반적이었다.

"기회라는 게 아무 때나 오는 게 아니잖아. 협회에 미발견 게이트를 넘겼다지만, 의뢰를 받아서 수행하면 안 된다는 조항은 없잖아?"

"협회도 자신들이 직접 탐사하지 않고 헌터들에게 의뢰했으니, 그거라도 한 번 노려봐."

"으음… 한 번 고민은 해볼게요."

9. 어부지리와 집 구하기

재환과 주성을 만나고 돌아온 재식은 저녁 식사를 마치자마자 침대에 누웠다.

하지만 잠은 오지 않았고, 재환과 주성의 충고만이 머릿속에 맴돌았다.

솔직히 재식도 성신 길드와 백강현만 아니라면 직접 게이트를 개발하고 싶은 마음이 있었다.

아무리 신고 포상금이 억대에 개발 수익금 일부를 배분받는다 해도 직접 토벌과 개발을 하는 것보다 많은 수익을 내지 못할 것임을 알기에 아까울 수밖에 없었다.

그렇지만 현실적으로 아직은 성신 길드의 감시와 백강현

의 압력에서 벗어날 힘이 없기에 눈물을 머금고 포기한 것이었다.

하지만 재환의 이야기를 듣고 나서 결심이 조금씩 흔들렸다.

비록 게이트를 헌터 협회에 넘기긴 했지만, 의뢰를 받아 게이트를 조사하고 몬스터를 사냥하는 것은 별개이기 때문이었다.

'괜찮을까?'

자꾸만 같은 고민을 곱씹다 보니 이제는 정말 괜찮지 않을까 싶었다.

어차피 헌터 협회에서는 공개 의뢰를 하지 않았나.

그러니 프리랜서인 자신도 의뢰를 받아도 문제는 없을 터였다.

'그래. 언제까지 그들의 눈치만 보고 있을 수는 없잖아. 그리고 헌터 협회에서 모든 헌터에게 공개 의뢰를 낸 건데, 내가 게이트에 들어가든 몬스터를 잡든 아무 상관 없지 않겠어?'

재식은 계속해서 궁리하다 드디어 결론을 내렸다.

'다른 몬스터도 아닌 고블린인데 무슨 일이야 있으려고.'

더욱이 미발견 게이트에서 나온 것으로 추정되는 몬스터는 고블린에 불과했다.

일반인들에겐 위험한 몬스터고 하급 헌터들에게도 조금

은 조심해야 하는 몬스터지만, 재식은 조금 능력이 뒤떨어진다 해도 명색이 중급 헌터였다.

고블린 정도는 현재 그의 전투력으로만 따져도 두 개 순찰대, 열두 마리 정도는 충분히 상대할 만했다.

고블린 정도는 얼마든지 사냥할 수 있다는 자신감이 생긴 재식은 어떻게 하면 조금 더 효과적으로 사냥할 수 있을지 고민해 봤다.

새벽이 돼서야 설핏 잠이 든 재식은 날이 밝자마자 눈을 떴다.

그러고 나서 아침을 든든히 먹은 뒤, 헌터 협회 남부 지부로 가서 게이트 탐사와 던전 클리어 의뢰를 받았다.

신청만 하면 누구나 받을 수 있기에 이번 고블린 퇴치 의뢰는 중급 헌터인 재식도 별다른 눈치 보지 않고 받을 수 있었다.

어차피 이번 의뢰는 지하철 던전처럼 고블린을 잡았다고 보상을 지급하는 건 아니기 때문에 하급 헌터들도 이 점에 대해서 불만을 나타내지는 않았다.

지하철 던전이야 민간인 거주 구역과 밀접하니 헌터들의 고블린 퇴치를 독려하기 위해서 보상금을 지급한 것이었고, 이번엔 격리 구역인 장벽 너머에서 잡는 것이니 당연했다.

재식은 헌터 협회 남부 지부에서 의뢰를 받는 즉시, 게이트가 발견된 장소로 향했다.

그러자 이미 그곳은 헌터 협회의 의뢰를 받은 헌터들이 자리 잡고 있었다.

"어? 혼자 오셨어요? 그럼 저희 파티에 들어오시지 않을래요?"

재식이 혼자 걸어오자 게이트 앞에 앉아 있던 헌터 중 한 명이 물었다.

재식은 그를 바라보며 고개를 갸우뚱했다.

보통 파티나 공대는 몬스터 사냥에 나서기 전에 헌터 협회에서 결성한다.

아주 드물게 이렇게 현장에서 즉석으로 모집을 하기도 하는데, 사실 이런 일은 거의 없다.

아니, 있기야 하지만 이때는 무척이나 조심해야만 했다.

자칫 헌터를 사냥하는 블랙 헌터들이 멋모르는 신입 헌터를 몬스터 헌팅 중 미끼로 사용하거나 사냥 후 죽일 목적으로 현장에서 파티원을 모집하는 경우가 있었다.

그 때문에 헌터 협회에서는 의뢰를 받은 뒤 협회 매칭 시스템으로 파티나 공대를 결성하는 것을 권장하고, 현장에서의 즉석 모집에 응하는 건 지양할 것을 당부했다.

"저는 괜찮습니다."

재식은 그의 파티 제안을 거절했다.

헌터는 혼자 왔으면서 설마 파티를 거절할 줄은 몰랐다는 듯 놀란 표정을 지어 보였다.

그는 보통 사냥하기 전 파티를 미리 짜서 오는데, 재식이 혼자서 온 것을 보고 어쩌면 상당한 실력자일지도 모른다는 생각에 파티를 제안한 것이었다.

그는 재식이 거절하는 모습에 확신을 가지고 적극적으로 파티 영입을 위해 말을 걸어 댔다.

하지만 그도 솔직히 이럴 필요까지는 없었다.

현재 그의 파티는 모두 다섯 명으로, 두 명의 중급 헌터와 세 명의 하급 헌터로 구성되어 있었다.

어차피 관악산 몬스터 필드에 나오는 몬스터 종류도 알고, 이번 헌터 협회에서 의뢰를 한 게이트에 나올 것으로 예상이 되는 건 고블린이라 들었기에 이 정도면 충분히 게이트 탐사나 토벌도 가능했다.

그럼에도 불구하고 보다 더 안전한 탐사와 토벌을 위해 파티원으로 끌어들이려는 것이었다.

"중현아, 굳이 더 파티원을 늘릴 이유가 있냐? 보아하니 우리보다 레벨이 높아 보이는데, 자칫 주도권을 뺏길 수도 있어."

재식에게 말을 거는 헌터 옆으로 다가온 파티원 중 한 명이 작은 목소리로 귓속말을 속삭였다.

하지만 그들은 충분히 목소리를 줄이지 못했고, 재식도

두 사람이 나누는 대화를 들을 수 있었다.

"혼자잖아. 레벨이 더 높다 해도 주도권은 우리에게 있어. 그리고……."

중현은 재식이 레벨이 높더라도 상관없다고 생각했다.

주도권은 다수인 자신들에게 있었고, 말을 듣지 않으면 재식을 협박해 원하는 대로 컨트롤할 수도 있다는 생각이었다.

"전 파티에 들어갈 생각이 없습니다. 주변 탐사와 몬스터 사냥을 하기 위해 온 것뿐입니다."

재식은 그들이 무슨 생각으로 자신을 파티로 끌어들이려는 것인지 짐작하고도 남을 정도의 정보를 들었다.

여차하면 자신을 죽이려고까지 하는 중현이란 남자의 말을 들었기에 더욱더 정나미가 떨어졌다.

재식은 파티 가입 권유를 정중히 거절하고, 게이트가 아니라 이전에 고블린을 잡은 곳으로 향했다.

그렇게 재식이 게이트가 있는 곳에서 멀어지자, 중현과 그의 파티원들은 멀어지는 재식의 뒷모습을 잠시 쳐다보다 이내 게이트 안으로 들어갔다.

이미 자신들보다 두 개의 파티가 먼저 안으로 들어갔기에, 혹시나 늦으면 건질 게 없을지도 모른다는 생각에 발걸음이 제법 빨랐다.

한 파티가 게이트에 진입하는 것을 본 다른 헌터들도 이에 질세라 그 뒤를 따라 게이트 안으로 향했다.

게이트 앞에 모인 헌터들이 모두 사라지고, 웅성거리던 소음이 사라지자 한순간 주변은 적막해졌다.

재식은 걷는 것을 멈추고 뒤돌아 게이트 입구를 살폈다.

'다 들어갔나 보네.'

그 많던 헌터들이 사라지자 게이트 주변은 재식이 처음 이곳을 발견했을 때처럼 조용해졌다.

참으로 이상한 기분이 재식의 뒷목을 스치고 지나갔다.

'음……'

뭔가 불길한 느낌이 들었지만, 재식은 어깨를 한 번 으쓱하더니 잡념을 털어버렸다.

'이미 많이 들어간 것 같으니, 난 그냥 주변이나 돌아보며 사냥을 해야겠다.'

헌터 협회의 의뢰가 올라온 지 며칠 되지 않다 보니, 게이트를 찾는 파티가 너무 많았다.

그러다 보니 혼자인 재식은 게이트에 들어가는 걸 위험하다 판단했다.

게이트 너머로 넘어갈 생각으로 방문했지만, 재식은 어쩔 수 없이 주변에서 코볼트를 사냥할 수밖에 없었다.

재식은 조심스럽게 발걸음을 옮기며 주변을 살폈다.

괜히 무턱대고 걷다가 몬스터의 습격을 받을 수도 있기

때문이었다.

당시 습격을 한 몬스터는 겨우 고블린 한 마리였다.

그러다 보니 기습을 당한 후에도 어렵지 않게 잡을 수 있었지만, 그놈은 몸에 마정석을 품고 있었다.

지하철 던전에서 만난 고블린보다 힘도 셌고, 몸도 조금 더 날렵한 편이었다.

재식은 코볼트 사냥을 쉽게 하다 보니 조금은 방심하게 된 탓에 고블린의 습격을 받았다 생각했고, 그 후로는 언제나 헌터로서의 기본 수칙을 잊지 말자 다짐했다.

아무리 최하급이라도 몬스터는 언제나 헌터를 죽일 수 있었다.

그 기본을 잊지 않고 생활화하기 위해 재식은 마음을 다잡았다.

그래서 지금도 다른 때보다 더 조심스러운 걸음으로 주변을 살피며 걷는 중이었다.

속도는 느리지만 그만큼 안전할 수 있다면, 몬스터를 발견하는 데 조금 더 시간이 들어가더라도 상관없었다.

끼긱!

어느 정도 걷다보니 저 멀리서 고블린의 울음소리가 들렸다.

들리는 소리로 보아, 그리 많은 숫자는 아닌 것으로 판단됐다.

고블린이 있다는 걸 알게 된 재식은 조금 걸음을 빨리 해 소리가 들려온 방향으로 나아갔다.

재식이 도착한 곳에는 고블린과 오크 무리가 싸움을 벌이고 있었다.

'에이, 괜히 시간만 낭비하게 생겼네.'

고블린은 몬스터 중 가장 약한 몬스터 중 하나였다.

반면에 오크는 2등급에서부터 어떤 개체는 5등급 아니, 그보다 높은 6등급인 놈들도 있었다.

중국에 나타난 오크 군단을 이끌던 오크 대족장이 바로 6등급의 몬스터였고, 그놈이 이끌던 오크 군단은 인간들에게 7등급 몬스터 이상의 피해를 안겨줬다.

그러다 보니 재식은 눈앞의 싸움의 결말이 어떠할 지 빤하다 여겼다.

그래서 지금이라도 다른 고블린 순찰대를 찾을까 싶었는데, 가만히 상황을 지켜보니 뭔가 이상했다.

일반적으로 상위 몬스터인 오크는 일방적으로 고블린을 유린해야 맞을 테지만, 지금 재식이 보고 있는 현장은 그렇지 않았다.

많은 숫자의 고블린들이 바닥에 널브러져 있는 건 당연했지만, 그 못지않게 오크들도 많은 수가 목숨을 잃고 바닥에 쓰러져 있었다.

크워억!

끼기긱!

오크들이 괴성을 내지르며 고블린들을 위협하자, 고블린들은 이에 질세라 날카로운 목소리로 동족들을 격려하듯 소리쳤다.

'내가 보고 있는 게 꿈은 아니겠지?'

재식은 숨을 죽인 채 마른침을 꿀꺽 삼켰다.

전투가 계속될수록 고블린의 숫자가 줄어들었지만, 압도적인 머릿수에 밀려 쓰러지는 오크의 수가 더 많았다.

역시나 아무리 상위 개체라지만, 어지간히 차이가 나는 게 아니라면 숫자에 장사가 없는 모양이었다.

크워억!

마지막까지 살아남은 오크는 억울하다는 듯 하늘을 향해 거친 고함을 내지르며 쓰러졌다.

끼기!

끼기긱!

그와 반대로 전투에 승리한 고블린들은 손에 든 조잡한 무기를 번쩍 들어 올리며 기쁨의 함성을 질렀다.

개중에는 마치 원숭이가 기뻐하며 흥을 주체하지 못하는 듯 제자리에서 텀블링하는 놈도 있었다.

고블린의 승전 축하 쇼를 언덕 위에서 조심스럽게 내려다보던 재식은 너무 놀라 입을 다물지 못하고 있었다.

재식은 상위 개체인 오크들의 숫자가 적기는 해도 고블린에게 질 거라는 생각은 하지 못했다.

자신이 경험한 고블린과 오크의 차이는 상당하기 때문이었다.

인간만큼은 아니어도 오크는 집단 전투에서 전술을 사용할 줄 아는 몬스터였다.

그에 반해 고블린은 자신이 가진 체력이나 무기를 그냥 있는 그대로 사용하는 어느 몬스터와 다르지 않았다.

그래서 숫자는 적어도 전술도 사용하고 지능도 높은 오크가 전투에서 승리하리라 여겼는데, 결과는 전혀 예상 밖인 고블린의 승리로 막을 내렸다.

끼기긱!

어느 정도 고블린들의 흥분이 진정되자, 가장 덩치가 큰 고블린이 소리를 질렀다.

그러자 조금 전까지 승리를 자축하던 고블린들이 하던 것을 멈추고 죽은 오크의 시체를 챙겼다.

하지만 고블린의 숫자가 너무 많이 줄었기 때문인지, 동족의 시체까지 모두 챙길 수는 없었다.

죽은 동족의 시체를 한쪽에 모아둔 고블린들은 두 마리가 한 조가 되어 오크의 시체를 들고 날랐다.

'엇!'

재식은 오크의 시체를 든 고블린들이 자신이 숨어 있는 언덕 쪽으로 올라오는 걸 발견하자마자, 얼른 바닥에 넙죽

엎드렸다.

그리고 그들의 진행 방향에서 벗어나기 위해 빠르게 포복해 이동했다.

그렇게 5분 정도 시간이 흐르자, 재식이 있던 장소를 고블린들이 지나갔다.

끼긱?

앞장서서 걷던 덩치 큰 고블린은 잠시 행렬을 멈추게 만들고, 머리를 들어 냄새를 맡듯 코를 킁킁거렸다.

끼기긱!

인솔자가 가던 걸음을 멈추고 주변의 냄새를 맡는 모습에 뒤따르던 고블린들이 동요하며 소란스러워졌다.

끽끽!

선두의 고블린이 뒤를 향해 고함을 지르자, 불안감을 드러낸 고블린들이 조용해졌다.

끼긱!

다시 한 번 코를 벌름거리며 냄새를 맡은 고블린은 아무 일도 없다는 듯 짧게 소리를 질렀고, 고블린 행렬은 다시 앞으로 나아가기 시작했다.

저 멀리 고블린들을 훔쳐볼 수 있는 위치의 바위 뒤에서 고개를 빼꼼 내민 채 상황을 지켜보던 재식은 안도의 한숨을 내쉬었다.

처음 게이트 인근에 도착했을 때만 해도 재식은 지하철

던전의 고블린을 생각하고 있었다.

그래서 아무리 많아봐야 두 무리 이상의 순찰대를 만나지는 않으리라 생각했다.

하지만 조금 전 고블린과 오크의 집단전을 본 뒤로는 자신이 안일했다는 걸 깨닫고 말았다.

오크와 싸운 뒤에 살아남은 고블린의 수는 스무 마리가 넘었다.

그렇다면 최초에 싸우기 시작했을 땐 마흔 마리 이상의 고블린이 몰려다녔다는 의미였다.

아무리 고블린이지만, 자신의 역량을 넘어서는 다수의 고블린을 사냥하는 건 무리였기에, 재식은 물러설 수밖에 없었다.

그렇게 재식은 고블린들이 저 멀리 언덕 너머로 사라질 때까지 꼼짝도 하지 않고 바닥에 납작 엎드려 있었다.

얼마 후, 그들이 완전히 시야에서 사라지자, 재식은 다급히 전투가 벌어진 현장으로 향했다.

그러고 나서 얼른 시체를 뒤져 마정석을 찾았다.

"역시! 게이트에서 막 나온 몬스터는 모두 마정석이 있다고 하더니, 이번에도 마정석을 품고 있네."

고블린과 오크의 전투 현장에는 승리한 고블린들이 가져간 오크의 시체 열 구를 제하고도 오크 열 마리와 고블린 열다섯 마리의 시체가 남아 있었다.

재식은 분주히 손을 놀려 심장을 파헤치며 마정석을 채취했다.

다시 한 번 접하게 된 어부지리였다.

원래는 자신이 신고한 게이트를 탐사하려 했지만 너무 많은 헌터들로 인해 단념할 수밖에 없었는데, 이렇게 큰 행운을 얻게 되었다.

정말 주성의 말처럼 행운의 사나이가 된 듯한 기분이었다.

똑같은 마정석이지만 고블린의 것보다는 오크의 것이 훨씬 크고 에너지도 더 많이 측정된다.

그만큼 오크의 마정석이 더 비싸게 팔릴 테니, 3,500만 원은 너끈히 받을 수 있을 것이다.

재식은 마정석을 등에 짊어진 배낭에 넣은 뒤, 이번엔 이빨을 뽑기 시작했다.

오크의 송곳니며 오크들이 쓰던 무기류를 수거해 가져가 팔면 그것도 몇 백만 원은 충분히 나올 테니, 마정석 가격까지 더하면 오늘 하루 수익은 5,000만 원 가까이 될 터였다.

"굳이 더 사냥할 필요가 없겠는데?"

고블린과 오크의 전투 현장에서 어부지리를 취한 재식은 오늘은 더 사냥할 이유를 찾지 못했다.

굳이 더 하겠다면 못할 것도 없지만, 무거운 짐을 들고 다니며 사냥하는 건 비효율 적인 일이었다.

만약 사냥을 더 할 생각이라면, 방금 채취한 마정석과 여기서 얻은 몬스터의 무구, 송곳니 등은 일단 주차장에 세워 둔 차량에 실어 두는 게 나았다.

하지만 왕복하는 시간이 있다 보니 다시 사냥해도 큰 성과를 기대하는 건 힘들 터였다.

"어차피 다수의 고블린에 대한 대응책도 고민해 봐야하니, 오늘은 그냥 돌아가는 게 좋겠네."

마음을 정한 재식은 자리에서 일어나 출구로 향했다.

협회에 도착한 재식은 바로 마정석들을 처분하기 위해 창구에 들렀다.

"아니, 아직 이른 시간인데 벌써 이렇게나 많이 모으셨네요."

협회 직원은 재식이 꺼내놓은 마정석들을 보고는 눈을 동그랗게 뜨며 물었다.

"네, 저희 파티가 운이 좋게도 고블린과 오크의 전투 현장을 발견해 재미 좀 봤습니다."

재식은 진실과 거짓을 살짝 섞어 직원에게 이야기했다.

다른 헌터 중에는 협회 직원에게 굳이 거짓말을 할 필요가 있냐는 사람도 더러 있지만, 헌터 협회의 직원도 사람이기에 혼자서 어부지리를 취했다고 말하면 득보다는 실이 많을 것 같았다.

괜히 욕심을 부리거나 배가 아파서 다른 이들에게 소문을 낼 수 있기 때문이었다.

헌터 협회라는 신의 직장에 다니며 많은 월급을 받고 있지만 씀씀이가 큰 헌터들을 상대하는데다 특히, 마정석의 매입을 담당하다 보니 욕심을 부릴 수도 있었다.

그러니 만사 불여튼튼이라고, 재식은 언제 어느 때나 방심하지 않고 조심했다.

그나마 파티로 잡았다고 말해야 이른 시간에 이 정도의 마정석을 가져온 것을 수긍할 수도 있을 터였다.

오크와 고블린의 것을 합쳐, 마정석을 스물다섯 개나 가져왔으니 당연한 것이다.

"오크의 마정석은 에너지 측정 결과 하 2등급으로 오늘 매입가는 210만 원입니다. 그리고 고블린의 마정석 측정 결과 하 1급, 매입가는 100만 원입니다. 총합 3,600만 원 되겠습니다."

재식은 협회 직원이 불러준 매입가를 듣고 예상과 얼추 비슷한 가격이 나와 고개를 끄덕였다.

"혹시 오크 송곳니를 매입하려는 곳이 있을까요?"

재식은 혹시나 하는 생각에 직원에게 물었다.

종종 헌터 협회로 부산물을 매입하겠다는 공방의 의뢰가

들어오기도 하기 때문이었다.

몬스터의 이빨에는 마력이 남아 있기 때문에 주로 생산직 각성자가 가공해서 아티팩트로 만들어 판매했다.

오크의 이빨도 그런 원재료로써 상당한 가격이 나가는 만큼 조금이라도 더 비싸게 팔기 위해 물어보는 것이다.

물론, 헌터 협회는 의뢰인으로부터 5%, 그리고 헌터에게서 5%의 수수료를 받고 의뢰를 연결해 준다.

"네. 마침 화신 길드에서 오크 이빨 매입 의뢰를 넣었는데, 연결해 드릴까요?"

직원은 재식의 말에 얼른 대답했다.

"잘됐네요. 바로 연결해주세요."

재식은 군이 직접 업자를 찾느라 시간을 허비하기보단 헌터 협회를 통해 판매하길 원했다.

돈이 없는 것도 아니니 군이 수수료를 아끼기 위해 발품을 팔 이유가 전혀 없었다.

"여기 오크 송곳니 스무 개 입니다."

재식은 테이블 위에 수거한 오크 열 마리 분 송곳니를 올려두었다.

"확인했습니다. 정재식 헌터님, 기존 계좌로 이체하면 되겠습니까?"

"네. 그 계좌에 넣어주시면 됩니다."

"알겠습니다. 판매하게 되면 수수료 5%와 세금 3%, 원천 징수 후 92%가 입금됩니다. 이해하셨습니까?"

"네. 그럼 수고하십시오."

"네, 감사합니다. 헌터님도 수고하십시오."

재식이 볼일을 마치고 자리에서 일어나며 인사하자, 직원도 정중하게 인사를 건네왔다.

'음…….'

협회를 나온 재식은 잠시 제자리에 서서 생각에 잠겼다.

아직 이른 시간이라 집에 들어가기는 뭐 했고, 또다시 몬스터 사냥을 가기는 건 효율적이지 못했다.

'아!'

그러다 집 문제를 해결해야 한다는 생각이 떠올랐다.

애초에는 반지하 집에서 햇볕이 드는 집으로 이사하려는 생각뿐이었는데, 당시에는 다른 집을 알아볼 만한 자금이 없어서 바로 위층으로 집을 옮겼다.

그나마 집주인과 안면이 있기에 조금 싸게 이사하긴 했는데, 재식이 헌터로 돈을 잘 버는 것을 어떻게 알았는지 괜히 싸게 줬다는 듯 은연중 눈치를 주곤 했다.

그 때문에 정숙은 혼자 끙끙 앓으며 고민을 거듭했는데, 얼마 전에야 재식에게 사정을 털어놓았다.

"그래. 돈도 어느 정도 모였으니, 이번에 정말 우리 가족이 편하게 머물 수 있는 집을 구하자."

아직 이사한 지 1년도 지나지 않아서 좀 이른 감이 있지만, 지금 사는 집은 결국 남의 집이었다.

재식은 헌터로 돈을 많이 벌면 언젠가는 내 집을 마련하고 싶다고 생각했는데, 그게 바로 지금이었다.

원래 계획은 좀 더 돈을 모아 단독 주택을 구하는 거였다.

아직도 운신이 자유롭지 않은 아버지가 집 앞의 텃밭을 일구며 소일거리라도 하면 기운을 좀 차리실까 싶었기 때문이다.

지금 가진 돈으로 충분하진 않겠지만, 일단 집을 사야겠다고 생각하자 마음이 부풀었다.

쇠뿔도 단김에 빼랬다고, 재식은 시간이 어중간하게 남은 김에 집을 알아보기로 결정했다.

결심을 굳힌 재식은 곧장 집 근처 부동산 중개 사무소로 향했다.

지금 사는 동네에는 연립이나 다세대 주택이 대다수지만, 단독 주택도 많이 있기에 가까운 곳부터 알아보는 게 좋을 것 같았다.

솔직히 어디에 살아도 내 명의의 집이라면 상관없지만, 재식은 아버지의 재활을 위해서 조금 욕심을 부려 봤다.

자신과 어머니가 일을 나가면 집에 혼자 계시는 아버지가 할 수 있는 것이라고는 그저 아내와 자식이 돌아올 때까지 시간을 허비하는 것뿐이기 때문이었다.

집에 마당이라도 있으면 꽃이라도 심던가, 강아지라도 한 마리 분양받아 키울 수도 있을 것이다.

"계십니까?"

"어서 오세요. 어떤 일로 오셨나요?"

중개 사무소에 들어선 재식을 맞이한 것은 50대 중년의 아주머니였다.

"집을 구하고 있는데, 마당이 딸린 단독 주택을 찾고 있습니다."

"예산은 어느 정도로 생각하고 계신가요?"

"수중에 있는 예산은 5억 5,000만 원 정도고, 더 필요하면 대출로 5억 정도는 더 마련할 수 있습니다."

그동안 몬스터 헌팅을 통해 번 금액과 미발견 게이트 신고 포상금, 그리고 오늘 번 3,600만 원까지 해서 재식의 은행 계좌에는 꽤 큰돈이 예금되어 있었다.

또한 중급 헌터이기에 헌터 협회를 통하면 최대 10억 원까지 대출이 가능했다.

하지만 재식은 굳이 10억 원까지 대출할 필요는 없다고 여겼기에 그 절반인 5억 원 정도를 최대치로 잡았다.

그런 재식의 말을 들은 부동산 사장은 빙그레 웃으며 대답했다.

"호호호, 돈이야 많으면 많을수록 좋지만, 그렇게 비싸게 사지 않아도 구할 수 있는 집은 많아요. 식구가 몇 명이에요?"

"부모님과 저까지 세 명입니다."

"부모님을 모시고 산다라… 그럼 여기 이거 한 번 보실래요?"

부동산 사장은 자신이 가지고 있는 매물들의 정보가 들어 있는 카탈로그를 재식의 앞으로 내밀었다.

그 안에는 집의 외형이 찍힌 사진이 있어, 집에 대한 정보뿐만 아니라 외형까지 대략적으로 파악할 수 있었다.

"솔직히 5억 원대 단독 주택은 없다고 보시는 편이 좋아요. 그 이하는 어딘가 하자가 있거나 식구가 살기에는 작은 집들일 거고요."

여사장은 재식이 보는 집에 대해 하나하나 설명해 줬다.

대출 없이 현재 재식이 갖고 있는 돈만으로 살 수 있는 그 집이 전부였다.

하지만 사진은 멀쩡해 보여도 어딘가 하자가 있는 집일 수 있다며 여사장은 거짓 없이 재식에게 정보를 주었다.

고개를 끄덕인 재식은 문득 생각한 게 있어 질문을 던졌다.

"혹시 바로 들어갈 수 있거나, 두세 달 안에 들어갈 수 있는 집으로 좁혀 주실 수 있을까요?"

몇 달 뒤면 지금 사는 집의 재계약 기간이 돌아오기에, 그전에 집주인에게 통보를 해줘야 하기 때문이었다.

"네. 지금 여기에 있는 집들은 계약만 되면 바로 입주가 가능하거나, 2개월 내에 집을 비워주기로 한 것들이에요. 하지만 이사하기 전에 먼저 손봐야 할 것도 많으니까, 몇 개 추천하고 싶은 건……."

여사장이 카탈로그에서 몇 개의 집을 골라냈다.

"여기 이거랑 이거, 아, 이것도. 이 집들은 그렇게 크게 손보지 않더라도 바로 입주가 가능할 거예요. 지은 지 아직 3년도 되지 않은 집이거든요."

지은 지 3년 미만이라면 거의 새집이나 마찬가지였다.

"그럼 한 번 직접 가서 볼 수 있을까요?"

"네. 잠시 만요."

여사장은 재식에게 양해를 구하고 어디론가 전화를 걸었다.

"그래. 자기야, 나야. 조금 뒤에 집 보러 갈 건데, 가능하지?"

집을 내놓은 사람과 잘 아는 사이인지, 아니면 정말로 애인 사이인지는 모르겠지만 여사장은 무척 친근하고 편하게 상대방을 부르며 통화했다.

그렇게 몇 집에 전화를 걸더니 자리에서 일어났다.

"모두 가능하다고 하네요. 가시죠."

"아, 네."

재식은 여사장의 말에 얼른 자리에서 일어나 그녀의 뒤를 따라 사무실을 나섰다.

"따라오세요."

여사장은 재식에게 따라오라는 말을 하더니 앞장서서 걸었다.

차를 타지 않고 도보로 걷는 것을 보니, 부동산이 가까운 곳에 위치한 모양이었다.

"가까운 곳인가 보네요?"

"네. 여기서 아주 가까워요."

몇 마디 이야기를 나누며 한 5분쯤 걸으니, 여사장은 산자락 밑에 위치한 집 앞으로 걸어갔다.

"여기에요."

딩동!

[누구세요.]

초인종을 누르자 누군가 스피커를 통해 물었다.

그러자 여사장이 얼른 대답을 했다.

"자기야, 나야! 해피 부동산!"

[응, 들어와.]

딸깍!

대답과 함께 대문이 열렸다.

"들어가요."

"네."

재식은 집의 첫인상이 썩 마음에 들지 않았다.

요즘 집이라 하기엔 조금 오래된 스타일의 대문이기 때문이었다.

하지만 단독 주택에서 제일 중요한 건 입구보단 집이었다.

재식은 첫인상 때문에 색안경을 끼지 말자며 자신을 다독인 뒤, 여사장을 따라 안으로 들어갔다.

'아!'

대문으로 들어서자 재식의 눈에 들어온 것은 양옆으로 잘 가꿔진 작은 텃밭이었다.

이 집 주인은 꽃을 심은 화단이 아니라, 특이하게도 텃밭을 가꾸고 있었다.

서울 안에서 이런 걸 보는 것은 처음이었기에 재식은 깜짝 놀랐다.

그러면서도 한편으로 아버지가 이런 텃밭을 좋아할 것이란 생각에 이 집에 대한 점수를 높게 책정했다.

"어서 와요."

현관문이 열리며 여사장 또래의 50대 여성이 두 사람을 반갑게 맞이했다.

재식은 문을 열고 자신을 맞이하는 집주인을 향해 인사를 했다.

"안녕하세요."

"네. 어서 오세요. 편하게 보셔도 돼요."

이미 부동산에서 출발하기 전 연락을 하고 온 것이라 얘기가 빨랐다.

"그럼 실례하겠습니다."

재식은 여사장을 따라 집 안으로 들어갔다.

여사장이 이곳저곳을 돌아보며 재식에게 집에 대해 설명을 들려주었다.

"여기는 안방이고, 저쪽이 작은방이에요. 여기는 화장실인데, 작년에 집을 리모델링하면서 싹 다 최신식으로 교체했어요. 그리고……."

집은 그리 크지 않았지만 복층 구조로 된 집의 1층에는 안방과 작은방, 주방, 거실, 그리고 화장실 하나가 있었다.

2층은 1층에서 계단으로 연결돼 있었는데, 그 외에도 밖에서 바로 2층으로 오를 수 있는 계단이 따로 존재했다.

2층에는 방 두 개와 화장실, 그리고 방에서 밖으로 연결된 발코니가 있었다.

재식이 보기에 썩 괜찮아 보이는 집이었다.

방이 총 네 개니, 1층은 부모님이 쓰시고 2층은 자신이 쓰면 될 터였다.

솔직히 세 식구가 쓰기에는 큰 편이지만, 그래도 작은 것보다는 여유가 있는 편이 좋을 듯싶었다.

일단 집이 마음에 들기는 했지만, 재식은 곧바로 이 집이라고는 확답하지 않았다.

앞으로 몇 집을 더 보고 결정하기로 한 재식은 여사장과 함께 집을 나섰다.

그러고 나서 또 몇 군데를 더 돌아봤다.

대체로 단독 주택은 비슷한 구조였지만, 자세히 보면 각각 달랐다.

1층만 있는 집이지만 방이 세 개인 곳이나, 처음 봤던 집처럼 2층 구조로 되어 있는데 방이 더 많은 곳도 있었다.

물론 그런 집들은 가격이 꽤 나갔다.

부동산 여사장이 말하길, 집은 방이 많을수록 비싸다고 했는데 이해 못할 바는 아니었다.

그렇게 몇 개의 집들을 살펴보고 난 재식은 고민을 거듭하다가 첫 번째 집을 계약하기로 마음먹었다.

다른 집에 비해 보수할 곳도 없었고, 한 달 내에 비워줄 수 있다고 하니 재식의 입장에 딱 맞는 집이었다.

한 달 뒤에 집이 비면 바로 도배와 청소만 하고 입주하면

끝날 터였다.

그리고 무엇보다 가격이 가장 마음에 들었다.

현재 가지고 있는 예산을 초과하긴 하지만, 한 달 뒤면 충분히 부족한 액수를 마련할 수 있을 정도의 금액이었다.

재식은 바로 부동산으로 돌아와 계약서를 작성했다.

10. 실종자 수색

온 가족이 모이는 저녁 시간.

재식은 저녁을 먹고 나서 아버지와 어머니께 할 이야기가 있다며 운을 뗐다.

"그래, 아들. 할 이야기란 게 뭐야?"

정숙은 다른 때 같으면 그냥 저녁 먹으며 이야기했을 아들이 저녁을 다 먹은 뒤 거실에서 이야기를 하자고 말을 꺼내자 못내 걱정됐다.

전에 헌터 길드에 들어간다고 했을 때도 이렇게 거실에 앉아 중대 발표를 했었다.

하지만 세 달 뒤 퇴사했다며 집으로 돌아오지 않았던가.

겉으로 자신의 감정을 잘 드러내지 않는 아들이라, 정숙은 또 무슨 일이 있는 건 아닌지 노심초사할 수밖에 없었다.

그러자 재식은 딱딱하게 굳은 어머니의 표정을 발견하고, 얼른 설명을 덧붙였다.

"아, 그렇게 불안해하실 일은 아니니 안심하셔도 돼요."

재식은 자신이 너무 무게를 잡았다 자책하며 얼른 본론을 꺼냈다.

"요전부터 집주인이 월세 올릴 거라고 눈치 줬다고 하셨잖아요."

"응. 그랬지……."

대답하는 정숙의 얼굴 위로 짙은 그림자가 드리워졌다.

이 집만 해도 아들이 어렵게 모은 돈으로 구한 것이었다.

고생도 보통 고생이 아니라, 목숨을 걸고 몬스터를 상대하는 헌터 일로 번 돈이었다.

그런데 아들과 돈 이야기를 하게 되니, 정숙은 마음이 찢어질 듯 아파왔다.

재식은 얼른 환하게 웃어 보이며, 어머니의 근심을 덜어드렸다.

"조금 전에 집주인이랑 이야기했어요. 한 달 뒤에 이사할 거라고."

"뭐? 아니, 아직 집 계약한 지 얼마나 됐다고 벌써 이사를 가? 아들, 이렇게 급하게 이사를 갈 이유라도 있니?"

정숙이 재식의 말에 깜짝 놀라며 되물었다.

이 집의 계약이 만료되려면 아직 3개월 정도 여유가 남아 있었다.

정숙은 위층으로 이사하며 1년 계약을 하고 싶었지만, 집주인은 한사코 6개월을 주장했다.

월세를 더 받을 수 있는 입주자가 등장하면, 당장이라도 집을 비우라고 말할 작정인 게 빤했다.

그래도 주택임대차보호법이 있으니 2년은 쫓겨나지 않을 수 있다는 생각에 6개월 계약을 맺은 것이었다.

그런데 기간이 도래하지도 않았는데, 재식이 이사를 간다는 말을 꺼내자 걱정이 앞설 수밖에 없었다.

괜히 집주인의 말을 전해 아들이 욱한 것은 아닌지 불안한 정숙이었다.

"사실 며칠 전에 운이 좋아서 사냥을 나갔다가 미발견 게이트를 발견했어요. 그걸 협회에 신고했어요."

"뭐? 그게 정말이야?"

정숙은 아들의 말에 깜짝 놀랐다.

비록 헌터에 대한 상식이 풍부한 건 아니었지만, TV에서 가끔 미발견 게이트로 대박을 터뜨렸다는 뉴스를 심심치 않게 봤기 때문에 재식의 말이 무슨 뜻인지 대충은 알아들을 수 있었다.

"응. 그래서 신고 포상금으로 3억을 받았어요. 그리고 추후에도 내가 신고한 게이트가 개발되면 수익금 분배도 받을 수 있을 거예요."

"하아, 그런 거라면 정말 다행이네."

"네. 그래서 오늘 당장 부동산에 들러서 새집을 알아봤어요."

신이 난 재식은 낮에 부동산에 들러 집을 보러 다닌 이야기를 늘어놓았다.

그리고 그중에 가장 마음에 든 집을 계약했다는 것까지 들려줬다.

"…정말 단독주택을 계약한 거야?"

정숙은 믿을 수 없다는 듯 눈을 동그랗게 떴다.

"응. 가서 보니 마당에 텃밭도 있더라고."

"텃밭? 텃밭은 왜? 괜히 관리하기 불편하게……."

정숙은 셋방살이를 벗어나 자신들의 집이 생겼다는 것에 기뻐하면서도, 자신이 전업주부도 아닌데 텃밭을 관리하기 힘들까 봐 걱정이 앞섰다.

"저나 엄마는 아침에 일하러 나가면 아버지는 집에 혼자 계시잖아요."

재식의 언급에 정숙은 속으로 아차 싶었다.

집 관리만 생각하다가 남편이 홀로 집에 있다는 것을 떠올리지 못했기 때문이다.

"마당에 텃밭이 있으면 아버지께서 소일거리로 조금씩 가꾸시면 좋을 것 같아서요."

재식은 아버지를 바라보며 계속해서 말을 이었다.

"조금씩 몸을 움직이는 게 회복에 도움이 된다고 의사 선생님도 말했잖아요."

성훈은 가만히 고개를 끄덕였다.

의사가 집에서 가만히 앉아 있는 것보다는 힘들더라도 조금씩 움직이는 게 좋다는 이야기를 건넨 건 사실이었다.

"여보, 당신은 어때요? 우리 아들이 당신 위해서 단독주택을 구입했다고 하는데……."

정숙은 생각지도 못하게 집 문제가 해결되자, 마음이 편해졌는지 방긋 웃으며 성훈을 바라봤다.

"하하하, 나야 고마울 뿐이지."

성훈은 눈가에 눈물이 맺힌 채 마주 웃어주며 대답했다.

오랜 투병으로 집안을 돌보지 못한, 못난 자신을 위해 아내와 어린 자식이 고생한 것이 계속 가슴이 아팠다.

그런데 아들이 어느새 장성해 가장의 몫을 다하고 있었다.

자신이 아들에게 해줬어야 할 것을 받기만 하는 성훈은 가슴이 먹먹해졌다.

재식은 부모님들의 반응에 쑥스러운 모양인지, 뒷목을 긁적이며 말을 이었다.

"집도 좋아요. 2층으로 된 단독주택인데, 1층에는 안방과 작은방이 있고, 2층에도 방 두 개와 발코니가 있어요."

재식은 자신이 보고 온 집에 대해 최대한 상세히 설명했다.

"1층 작은방은 아버지 서재를 만들어도 좋고, 아니면 어머니의 작업실을 만들어도 좋아요."

"난 됐다. 네 엄마 하고 싶은 대로 하라고 해."

"당신도 참, 내가 뭐 따로 방이 필요한가? 주방이 다 내 건데요."

1층과 2층에 남는 방을 어떤 용도로 쓸 것인지, 어떻게 꾸밀 것인지에 대해 이야기하는 세 사람의 얼굴에서 웃음이 끊이질 않았다.

"잔금만 모두 치르면 바로 집 비워주기로 했으니까, 내일 헌터 협회 가서 대출받아서 바로 처리할 생각이에요."

재식은 한 달 동안 돈을 벌어서 잔금을 치르자는 계획을 대폭 수정했다.

"대출?"

"네. 그동안 모은 것과 게이트 신고 포상금까지 합해도 조금 부족하더라고요."

재식은 이야기를 나누며 부모님께서 기뻐하는 모습을 보고, 굳이 다음 달까지 기다릴 필요가 있겠냐는 생각이었다.

어차피 내일 대출을 받고 잔금을 치러 빨리 집을 갖는 것이나, 돈을 벌어 한 달 뒤에 가지는 것이나 마찬가지였다.

그렇다면 이왕이면 하루라도 빨리 내 집을 마련하는 것이 마음이 편할 터였다.

"괜찮겠어?"

"네. 끄떡없어요. 요새 아들 벌이가 좋다는 건 엄마도 잘 알잖아요. 대출받지 않아도 한 달이면 충분히 모을 수 있는 금액이니까, 마음 푹 놓으세요."

"그래도……."

"너무 걱정하지 마세요. 요즘 아들 운이 텄어요."

자신을 걱정하는 부모님을 안심시키기 위해 재식은 너스레까지 떨었다.

실제로도 재식은 요즘 운이 좋은 덕분에 수중에 돈이 넝쿨째 들어오는 중이었다.

미발견 게이트의 발견이나, 고블린과 오크의 전투로 인한 어부지리는 정말 흔치 않은 일이었다.

성신 길드에서 쫓겨나듯 나올 때만 해도 재식은 자신의 앞날을 걱정할 수밖에 없었는데, 이렇게 별다른 어려움 없이 내 집을 마련할 수 있게 되자 감회가 새로웠다.

날이 밝자 재식은 아침을 먹는 둥 마는 둥하더니, 곧장 헌터 협회로 향했다.

재식의 머릿속에는 헌터 협회에서 대출을 받아 잔금을 치를 생각뿐이었다.

대출을 받게 되면, 대출금을 갚기 전까지 헌터 협회의 일을 주로 처리해야 하기에 살짝 꺼려지는 건 사실이었다.

하지만 생각해 보면 요즘 헌터 협회 남부 지부에서 추진하는 일은 바로 자신이 신고한 미발견 게이트의 탐사와 토벌이었다.

즉, 협회가 제시할 일과 재식이 하려던 일이 일치하는 상황이었다.

그러다 보니 재식은 임도 보고 뽕도 따는 일석이조의 효과를 누릴 수도 있겠다는 생각에 별다른 걱정을 하지 않았다.

뭐, 그 일이 아니더라도 고민할 필요는 없었다.

어차피 헌터 협회에서 부여할 임무라 봐야 자신의 등급과 레벨에 맞는 일일 터였다.

재식이 일사천리로 대출을 받아 잔금을 치르자 아니나 다를까, 헌터 협회에서는 재식의 예상처럼 미발견 게이트와 관련된 임무를 맡아달라며 연락해 왔다.

다만, 예상하지 못한 부분은 일반적인 토벌 의뢰가 아니라는 점이었다.

헌터 협회 남부 지부는 재식에게 어제 게이트에 들어간 파티 중 일부가 돌아오지 않았으니, 이에 대한 수색을 맡아달라는 의뢰를 건넸다.

"흠, 알겠습니다. 대출 건이 있으니 거부는 힘들겠죠. 혹시 게이트 내부 상황을 알 수 있을까요?"

협회 직원을 앞에 두고 앉은 재식은 게이트의 정보를 요구했다.

"알겠습니다. 우선 게이트에 들어갔다가 복귀한 파티들의 보고에 따르면, 던전화가 진행됐다고 하더군요."

"어떤 유형의 던전인가요?"

"자연적으로 생긴 동굴을 기반으로 토굴을 만든 것처럼 생겼다고 합니다."

재식은 직원이 설명하는 내용을 기반으로 게이트 내부의 던전을 머릿속에 그려봤다.

지능이 높은 고등 생명체가 만든 인공적인 흔적이 없다면, 자연 동굴에 고블린이 자리 잡아 던전을 만든 것이리라.

재식이 게이트 주변에서 발견한 몬스터가 고블린이니, 가설을 뒷받침하고도 남았다.

"고블린 외에 다른 몬스터는 없습니까?"

"글쎄요. 일단은 고블린을 상대했다는 파티가 대부분입니다만, 확답을 드릴 수는 없습니다."

재식은 고개를 끄덕였다.

고블린만 등장하는 던전에서 파티가 전멸하는 일은 종종 벌어지는 일이니, 특별한 일이라고 볼 수는 없었다.

하지만 협회에서는 헌터들의 생존 가능성을 염두에 두고 의뢰를 내놓았을 것이리라.

위험 등급이 4급이니, 하루 이틀 정도는 준비한 물자만 충분하다면 던전에서 나오지 않고도 사냥을 이어 나갈 수 있었다.

"알겠습니다. 그럼 굳이 고블린을 퇴치할 필요 없이 실종자만 수색해도 된다는 의미입니까?"

"네. 그건 헌터님의 자유입니다. 그리고 추가로 설명 드리자면 실종자 한 명당 100만 원이고, 생존자를 구출하시면 500만 원을 지급합니다. 더 궁금한 게 있으신가요?"

헌터 협회는 의뢰 도중에 실종자가 발생하면, 어떻게든 실종자를 찾기 위해 노력한다.

헌터의 가족에게 소식을 전해줘야 하고, 시체라도 찾아야 헌터 보험금을 지급할 수 있기 때문이었다.

협회 입장에서 돈을 주기 위해 실종자를 적극적으로 찾는다는 것이 약간 의아해 보일 수도 있지만, 이건 기본적인 신뢰와 헌터들의 사기에 직결되는 문제였다.

헌터 입장에서는 자신의 목숨도 중요하지만, 혹시라도 잘못되었을 때 남겨질 가족들에 대한 걱정을 하지 않을 수가 없었다.

만약 헌터 협회가 의뢰 중 실종되거나 사망한 사람들을 나 몰라라 한다면, 헌터들이 협회의 존재 의의를 두고 왈가

왈부하며 조직 자체가 와해될 수도 있었다.

게다가 이 정도 최소한의 안전장치라도 있어야 헌터들이 협회의 의뢰를 외면하지 않고 적극적으로 나설 터였다.

이를 의식한 협회도 헌터 개인을 거대한 기계의 부속품인 양 함부로 대하지 않았다.

재식도 최악의 경우를 상정하고 싶지는 않았지만, 만에 하나라도 자신이 죽거나 실종되면 협회에서 부모님께 보험금을 지불할 터였다.

그러니 대출로 인해 빚을 남기게 됐다는 걱정은 덜 수 있었다.

"네. 더 궁금한 건 없습니다."

"그럼 파티를 매칭해 드리도록 하겠습니다."

"네? 파티요?"

"그렇습니다. 어떤 일이 벌어질지 모르니, 파티로 행동하는 게 안전할 겁니다."

"혼자 일을 맡아도 상관없다면……."

재식은 어차피 미발견 게이트 탐사 및 고블린 퇴치를 홀로 수행할 계획이었다.

게다가 자신이 중급 헌터이지만, 반쪽짜리라고 사람들에게 밝히는 것도 싫었다.

하지만 직원은 재식이 말을 다하기도 전에 말을 끊어버렸다.

"다시 한 번 말씀드리지만, 파티 사냥을 권고하겠습니다. 그리고 무리하게 수색하지 마시고, 위험하다면 재빨리 도망치십시오."

직원은 재식을 앞에 두고 간절한 표정으로 주의를 주었다.

간혹 헌터들 중에는 몬스터와 전투 중에 도망치는 것을 비겁한 짓이라 으스대는 놈들이 있었다.

물론, 파티 사냥 중에 다른 동료들을 놔두고 혼자 도망을 친다면 당연히 매도당해 마땅했다.

하지만 파티가 함께 퇴각하는 것조차 문제라며 시비를 걸어대는 정신 나간 헌터들이 있다는 게 문제였다.

몬스터에게 등을 보이는 게 자존심이 상한다며 무턱대고 끝까지 싸우려 드는 사람들이 있는데, 그것은 어떻게 생각해도 용감한 게 아니라 그냥 미련한 짓이다.

헌터라면 전진할 때와 물러설 때를 알아야 한다.

자신의 역량이 부족하고, 자신이 속한 파티의 능력이 부족하다면 후퇴해 다음을 기약하는 게 현명한 선택이었다.

미련한 선택을 내리는 헌터들이 많은 건 아니지만, 직원이 재식에게 충고하는 건 다른 이유도 있기 때문이었다.

자신의 사전에 후퇴란 없다고 외치는 이들은 재식처럼 갓 중급 헌터가 된 경우가 대부분이고, 그들은 자신의 역량을 과신해 고블린이나 코볼트 따위의 몬스터를 경시하는 경향이 두드러졌다.

재식의 경력을 확인한 직원은 혼자 행동하겠다는 재식을 그런 부류라 착각한 모양이었다.

"알겠습니다. 걱정해 주셔서 감사합니다."

재식은 못이기는 척 고개를 끄덕일 수밖에 없었다.

돈을 빌린 입장이니, 협회에서 요구하는 사항을 맘에 들지 않는다고 거부할 수는 없었다.

게다가 재식은 절대로 자신을 과신하지 않았다.

자신만 바라보는 부모님이 있기에 무리한 일을 할 생각은 전혀 없었다.

파티를 짜서 행동하더라도 위험하다면 몸을 사릴 테고, 혼자라면 위험한 상황에 노출될 일이 없도록 조심했을 것이다.

"하아, 정말 다행이네요. 고집을 부리면 어쩌나, 걱정했습니다."

"하하하, 제가 꽉 막힌 사람은 아니에요."

"헌터님까지 합류하면 바로 출발할 수 있는 파티가 있는데, 이쪽에 이름을 넣어드릴까요?"

걱정을 덜었다는 듯 홀가분한 표정을 지어보인 직원은 일을 빠르게 진행시켰다.

"네. 준비할 게 많은 것도 아니니, 저는 바로 수색을 시작해도 상관없습니다."

재식을 비롯한 네 남자가 관악산 내에 위치한 미발견 게이트를 향해 걷고 있었다.

이들의 목적은 실종된 헌터들을 찾는 것이지만, 표정은 그다지 밝지 않았다.

헌터가 던전에서 돌아오지 못하고 실종됐다는 것은 열에 아홉은 죽었다고 보는 것이 맞았다.

물론, 간혹 사냥에 흥이 올라 시간 가는 줄도 모르고 던전에서 나오지 않거나, 위험한 몬스터를 피해 숨어 있다 보니 나오지 못하는 경우도 있었다.

헌터 협회는 이번 던전의 위험 등급이 비교적 낮은 4등급이기 때문에 후자보단 전자에 희망을 걸고 헌터들을 보내는 것이었다.

"파티장님."

"네. 말씀하십시오."

"던전에 들어가게 되면 어떤 방식으로 사람들을 찾을 생각입니까?"

일행 중 검과 방패를 장비한 사내가 질문을 던졌다.

"흠, 헌터 협회의 의뢰를 받기야 했지만, 일단 던전 내부 사정을 직접 눈으로 확인한 다음에 계획을 수립할 생각이었습니다."

"알겠습니다."

질문을 던진 남자는 파티장의 답변에 만족한 것인지, 바로 수긍하며 다른 질문을 던지지는 않았다.

'다들 사냥하며 돌아다닐 생각뿐인가?'

재식은 두 사람의 대화를 듣더니, 속으로 실소를 터뜨렸다.

다들 직접 대화를 나누지는 않았지만, 한통속인 게 분명했다.

헌터 협회는 실종된 헌터들의 수색을 의뢰했지만, 헌터들은 그것만으로 수익이 나지 않을 것을 잘 알았다.

그러니 실종자 수색보다는 던전 내에서 사냥하는 게 주목적이고, 그러다 그들의 유해를 발견하면 수습할 생각이리라.

위험 등급이 높은 던전이라면 어딘가에 숨어 있을 가능성도 있겠지만, 이번처럼 고블린이나 출몰하는 던전에서 실종됐다면 몬스터의 밥이 되었을 공산이 컸다.

그도 그럴 것이, 고블린은 몬스터 중 최약체를 대표하는 개체였다.

헌터가 아니어도 무기를 쥔 일반인이 정신만 바짝 차리면 한 마리 정도는 충분히 상대할 수 있을 정도로 약했다.

그러다 보니 헌터들은 종종 고블린 정도는 손쉽게 잡을 수 있다고 여기며 무턱대고 사냥하려 드는 경향이 강했다.

하지만 고블린은 무척이나 교활한 몬스터 중 하나였다.

자신들이 약하다는 것을 잘 알기에 절대로 단독으로 활동하지 않았다.

혼자 돌아다니는 고블린은 미끼일 공산이 컸는데, 특히나 이런 던전 같은 경우엔 높은 확률로 헌터들을 끌어들이기 위한 함정이었다.

그럼에도 헌터들은 개활지에 있는 고블린과 던전 안에 있는 고블린을 착각해 무턱대고 공격을 하고본다.

하지만 고블린들이 무리지어 트롤을 사냥한다는 사실이 학계에 보고된 바 있으며, 재식은 오크를 사냥하는 고블린 무리를 마주친 적 있었다.

"출발 전에도 말씀드렸지만, 절대 던전 안에서 단독 행동은 금물입니다. 이유까지 구구절절 설명해야 하는 건 아니겠죠?"

파티장인 종욱은 게이트 입구에 도착하자 일행들을 세워두고 주의 사항을 전파했다.

"그리고 저희 목적은 무턱대고 실종자를 찾는 게 아니라, 차근차근 나아가며 마주친 고블린을 사냥하며 그들의 흔적을 찾는 겁니다."

종욱은 현재 프리랜서로 활동하는 중급 헌터지만, 한때 작은 공대를 운영한 경험이 있었다.

중급과 하급이 섞인 열네 명으로 구성된 공대였는데, 공대의 가장 작은 규모인 열두 명에 예비 헌터 두 명으로 구성돼 있었다.

이 중 중급 헌터가 다섯 명이나 됐으니, 그리 나쁘지 않은 전력이었다.

게다가 하급 헌터 중에도 돈만 모이면 바로 유전자 변형 시술을 받기로 예정된 헌터가 세 명이나 있었으니, 실속 있는 공대였다.

하지만 단 한 번의 실수로 공대는 풍비박산이 나고 말았다.

종욱은 그때도 이번 미발견 게이트의 던전과 같은 고블린 던전의 소탕 의뢰를 받아 청소하러 나섰다.

그 당시까지만 해도 고블린 던전은 레이드라고 부르기보단 청소라 불렀다.

그만큼 고블린 사냥이 쉽다는 뜻이었다.

하지만 그 작은 방심이 종욱의 공대를 박살내버렸다.

고블린은 사람들이 익히 아는 것처럼 한 개체마다는 약했다.

하지만 고블린은 교활하게도 전술을 활용했으며, 소수의 미끼로 종욱의 공대를 던전 깊은 곳으로 유인했다.

그렇게 공대가 빠져나가지 못하게 만들고는 머릿수로 밀어붙여 헌터들을 사냥해 버렸다.

당시의 종욱은 공대와 함께 산화할 것인지, 아니면 어떻게라도 살아남을 것인지 판단해야만 했다.

이미 동료들은 목숨을 잃은 상황이었고, 혼자 남은 종욱은 살아남자는 쪽을 택했다.

정신없이 몰려드는 고블린을 상대하면서도 힘을 아낀 그는 기회가 찾아오자, 포위가 가장 약한 곳을 뚫고 던전을 탈출했다.

고블린 던전에서 홀로 돌아온 종욱은 그때 얻은 부상으로 1년 동안 재활 치료에 전념하게 됐다.

그런 경험 때문인지, 종욱은 이번에 실종된 헌터들이 살아 있으리라는 기대는 하지 않았다.

그래서 던전에 들어가면 고블린 사냥에 집중할 생각이었다.

헌터에게 가장 중요한 건 누가 뭐라 하든 생존이었다.

괜한 자존심으로 만용을 부려 몬스터와 생사를 걸고 결투하는 것은 미련한 짓이었다.

"알겠습니다."

파티장인 종욱의 브리핑에 파티원들이 일제히 대답했다.

그러면서 재식은 눈빛을 반짝이며 파티원들을 살폈다.

'다들 나보다 레벨이 높은 중급 헌터들이야. 잘 하면 성신 길드에서 배우지 못한 중급 헌터의 소양을 배울 수 있을 거야.'

"그럼 제 말을 알아들은 것으로 판단하고, 던전 안으로 진입하겠습니다."

종욱이 파티원들과 하나하나 눈을 마주치며 말했다.

"제가 먼저 들어가고 5초 뒤에 다음 사람이 들어오면 됩니다."

종욱은 던전 안팎의 환경이 다르기에 진입하는 순서와 방법에 대해 미리 일렀다.

그러고 나서 파티원들이 제대로 자신의 말을 숙지한 듯 보이자, 망설임 없이 던전 안으로 들어섰다.

건너편으로 아무것도 보이지 않는 검은 타원형의 벽을 넘어 종욱이 사라지자, 잠시 뒤 다른 한 명이 종욱의 뒤를 따랐다.

또 다른 헌터가 앞장서자, 마지막으로 남은 건 재식이었다.

우웅!

'윽!'

던전 안으로 들어서자마자 재식은 속이 뒤집어지며 참기 힘든 구역질이 올라왔다.

게이트를 통과하는 게 뭔가 밀집된 공기층을 지나친 느낌이었는데, 이게 상당히 거북하고 묘했다.

하지만 그 울렁거림이 재식은 싫지 않았다.

점차 몸에 힘이 들어가는 듯한 고양감이 차올랐다.

'좋은데?'

재식은 숨을 쉴 때마다 온몸의 근육이 팽팽하게 긴장되는 것처럼 느껴졌다.

'지금이라면 내 힘을 100% 발휘할 수 있지 않을까?'

재식은 몸에 에너지가 흘러넘치는 감각을 즐기며, 몬스터의 유전 형질을 발현시킨 상태로 전투에 임해도 쉽게 지치지 않을지도 모르겠다 생각했다.

"거기 정재식 헌터!"

재식이 고양감에 흥분해 있을 때, 그를 부르는 소리가 들려왔다.

"아, 네, 파티장님."

재식은 자신을 부르는 목소리에 얼른 정신을 차렸다.

"던전에 들어온 건 오늘이 처음이라고 했었나?"

종욱은 헌터 협회 남부 지부를 출발할 때 나눈 대화를 떠올리고 질문을 던졌다.

"네. 처음입니다."

"그럼 던전에 대해 잘 모를 테니 설명해 줄게요. 잘 들으세요."

조금은 건방진 말투였지만, 재식은 별로 신경 쓰지 않고 들었다.

"아마 지금쯤이면 느끼고 있을 겁니다."

밑도 끝도 없는 말에 재식은 고개를 갸웃거렸다.

하지만 곧, 그게 무엇을 뜻하는 것인지 깨달았다.

재식이 조용히 자신을 바라보자 종욱은 계속해서 설명을

이어갔다.

"아마도 던전에 들어오고 나서 부쩍 힘이 늘어난 듯한 느낌을 받을 건데, 그것에 취하면 큰일 납니다. 그것은 던전 밖과 안의 에너지 분포 차이로 발생하는 현상인데, 일시적인 것이니 본인의 느낌에 목숨을 걸진 마세요."

종욱의 설명에 재식은 고개를 끄덕였다.

그런 고양감에 취해 큰일을 당하지 말라는 경고였다.

"네, 알겠습니다. 설명 감사합니다."

종욱은 재식에게 자신이 아는 정보를 스스럼없이 알려줬다.

하지만 그가 재식에게 이를 언급한 이유는 별거 아니었다.

'이런 정보를 혼자만 독점한다고 해서 돈이 되는 건 아니니까……'

게다가 임시라지만 파티를 결성한 이상, 한 명의 파티원이라도 제 실력을 발휘하는 게 생존에 유리할 터였다.

물론, 그도 정말 중요하게 생각하는 정보는 따로 있을 것이다.

예를 들어 안전하고 쉽게 몬스터를 사냥할 수 있는 방법이라든가, 몬스터를 상대하면서 쉬어갈 수 있는 은신처의 위치 같은 것들이었다.

이런 것은 돈과 생명과 직결되는 정보이니, 누구라도 쉽게 공유하지 않았다.

하지만 방금 전의 재식처럼 던전에 처음 들어와 자신의 상태를 파악하지 못하고 흥분하는 헌터들에게 주의를 주는 정도는 얼마든지 꺼내 놓을 수 있는 정보였다.

"일단 천천히 움직이겠습니다."

입구에서 조금만 들어가도 고블린이 출현한다는 정보는 이미 헌터 협회에서 설명을 들었기에 파티원들은 조심해서 발걸음을 옮겼다.

던전 내부는 동굴 지형이기 때문에 작은 소리도 크게 울려 퍼질 수 있었다.

그러니 몬스터를 자신들이 있는 곳으로 끌어들일 목적이 아니라면, 발자국 소리를 최대한 줄여야만 했다.

그러다 보니 파티원들은 걷는다기보다는 바닥에 발을 스치듯 쓸고 간다는 표현이 맞을 정도로 조심스럽게 움직였다.

가장 앞에서 파티원을 인솔하는 종욱은 입구를 벗어나자 말을 일절 꺼내지 않았다.

그 대신 손으로 신호를 보내며 전진과 정지, 방향 전환 등을 지시했다.

그러다 몬스터를 발견하면 주먹을 꽉 움켜쥐며 뒤따르는 파티원들에게 경고를 보냈다.

그렇게 던전을 탐사하며 지도를 그리고, 몬스터를 사냥하며 실종 헌터들의 흔적을 찾아 다녔다.

얼마나 들어갔을까.

던전을 탐사하던 파티원들은 드디어 일련의 흔적을 발견했다.

헌터들의 방어구 조각이 바닥에 어지러이 널브러져 있었고, 바닥과 벽에 붉은 핏자국이 군데군데 보이는 장소였다.

"흐음, 아무래도 여기서 큰 싸움이 벌어진 것 같습니다."

종욱이 현장을 슬쩍 훑어보더니 말을 꺼냈다.

그러자 재식은 몸을 숙여 바닥에 남겨진 흔적들을 자세하게 살폈다.

싸움의 흔적 외에도 바닥에는 사람과 고블린의 발자국이 어지러이 찍혀 있었다.

그리고 앞쪽으로 길게 뻗은 혈흔이 남겨져 있었다.

"살았는지 죽었는지 모르지만, 여기서 저쪽으로 끌려간 것 같습니다."

검과 방패를 든 헌터가 재식의 행동을 유심히 지켜보다 종욱에게 보고했다.

"네. 그런데 아무래도 흔적을 보니 바로 죽인 것 같지는 않은 것 같습니다."

재식은 일말의 희망을 담아 자신의 의견을 제시했다.

하지만 종욱은 가만히 고개를 저었다.

"출혈이 심하지 않더라도 고블린에게 끌려간 이상, 살아 있다고 생각하는 건 힘듭니다."

격렬한 싸움의 흔적에 비해 핏자국은 그리 많지 않았고, 그중 대부분은 몬스터의 것으로 보이는 진한 검붉은 색이었다.

"그래도 혹시 모르니 한 번 따라가 보는 게 어떻겠습니까?"

"함정의 가능성도 배제할 수는 없습니다. 다른 두 분의 의견은 어떻습니까?"

파티원의 말에 수긍한 종욱은 다른 이들의 의견을 물었다.

"뭐, 어차피 진행 방향이니 상황이나 파악해 보죠."

"유골이라도 챙길 수 있다면 보상은 받을 수 있을 테니까요."

"좋습니다. 그럼 여러분의 의견에 따르겠습니다."

종욱은 이게 고블린의 함정일 수도 있다는 불길한 예감을 받았지만, 어찌 됐든 자신들의 목적은 실종자의 수색이었다.

실종된 헌터들의 흔적을 발견했으니, 보고할 거리는 있어야 했다.

"지금부터 목소리를 완전히 죽이고 수신호로만 소통하겠습니다."

종욱은 다시 파티원을 이끌고 앞으로 나아가자 결심했다.

어차피 던전 깊숙이 들어온 참이었고, 사냥을 위해 나아가려던 방향이기도 했다.

겸사겸사 이 흔적을 은밀하게 뒤쫓는 것도 나쁘지 않았다.

어쨌든 이 흔적의 끝에는 고블린이 기다리고 있다는 뜻이기 때문이었다.

일행은 조금 전 이동하던 것보다 더욱 조심스럽게 주변을 살피며 흔적을 따라 걸었다.

그러다 재식은 뭔가 이상하다는 걸 깨달았다.

분명 자신이 걷는 동굴의 벽은 딱딱한 암석이었다.

그럼에도 불구하고 던전 내부의 통로는 그다지 어둡지 않았다.

대낮처럼 환하거나, 조명을 켠 것처럼 밝지는 않지만 주변 사물을 눈으로 분간할 수 있을 정도는 됐다.

그때, 동굴 내부에 울려 퍼지는 물방울 떨어지는 소리에 섞인 사람의 말소리가 작게 들려왔다.

하지만 너무 멀어서 무슨 대화를 나누는지는 알아들을 수 없었다.

종욱이 주먹을 꽉 움켜쥔 채 머리 위로 들어 올렸다.

그러자 그의 뒤를 따르던 일행이 걸음을 멈추고 주변을 두리번거리며 사방을 경계했다.

종욱은 귓가에 손을 가져다 대고, 들려오는 소리에 집중

하라는 수신호를 보냈다.

재식은 생체 실험을 당한 뒤 감감이 예민해진 터라, 멀리서 사람들이 모여 떠드는 소리를 확실하게 들을 수 있었다.

그래서 바로 고개를 끄덕였지만, 다른 두 사람은 조금 늦게 고개를 끄덕였다.

그러자 종욱은 검지와 엄지를 딱 붙였다가 확 벌리며 거리에 대해 질문을 던졌다.

재식은 바로 고개를 저었다.

이 앞으로 이어진 길이 직선이라면 얼추 감이 잡히겠지만, 곡선일 수도 있기 때문이었다.

그건 다른 일행도 마찬가지였다.

그때, 재식은 갑자기 말소리가 사라졌다는 걸 깨달았다.

얼굴을 딱딱하게 굳힌 재식은 서둘러 이변을 동료들에게 전달했다.

"아무래도 저희가 이곳에 있는 것을 들킨 것 같습니다."

어차피 들켰다면, 더 이상 수신호로 의견을 주고받을 필요가 없었다.

재식의 말이 끝나기 무섭게 저 멀리서 다수의 발자국 소리가 파티원들이 위치한 곳을 향해 빠르게 접근했다.

"젠장!"

종욱이 욕지거리를 내뱉으며, 빠르게 주변을 살폈다.

"일단 후퇴합시다. 여기서 전투가 벌어지면 둘러싸일 수 있습니다."

현재 재식 일행이 위치한 곳은 광장처럼 유난히 넓은 지점이었다.

이런 곳에서 다수의 고블린을 만난다면 제대로 싸워보지도 못하고 숫자에 짓눌려 목숨을 잃을 수도 있었다.

"조금만 뒤로 돌아가면 좁은 길목이 나옵니다."

그때, 침착함을 유지한 채 작성한 지도를 살피던 헌터가 말을 꺼냈다.

"좋습니다. 최대한 빨리 달려서 지리적 이점을 취합시다."

아무리 저 앞에 실종된 헌터들이 있더라도, 일단 자신들이 살아남아야 그들을 구출하든 헌터 협회에 보고하든 할 수 있을 터였다.

종욱이 판단을 내리자, 파티원들은 신속하게 뒤로 물러났다.

〈『헌터 레볼루션』 4권으로 계속…〉

세상의 모든 장르소설

B북스

장르소설 전용 앱 'B북스' 오픈!

남자들을 위한 **판타지 & 무협,**
여자들을 위한 **로맨스 & BL**까지!

구글 플레이에서 **B북스**를 다운 받으시고, 메일 주소로 간편하게 회원 가입하세요.
아이폰 유저는 **B북스 모바일 웹**에서 앱 화면과 똑같이 이용하실 수 있습니다.

http://www.b-books.co.kr

이제 스마트폰에서 B북스로 장르소설을 편리하게 즐기세요.